UNION GÉNÉRALE D'ÉDITIONS
8, rue Garancière – Paris VIe

Du même auteur
dans la collection 10/18

LA VIE EST DÉGUEULASSE, n° 1753.
SUEUR AUX TRIPES, n° 1755.
BROUILLARD AU PONT DE TOLBIAC, n° 1756.

LE SOLEIL N'EST PAS POUR NOUS

(Trilogie Noire II)

PAR

LÉO MALET

Chronologie biographique par
Francis LACASSIN

10|18

Série « L'Appel de la Vie »
dirigée par Francis Lacassin

ISBN : 2-264-00-740-0

Quand un homme est précipité dans un puits, qu'importe celui qui l'y pousse. C'est son propre poids qui l'entraîne au fond le plus vite.

John WEBSTER.

L'action de ce roman est supposée se passer en 1926, époque de la joie de vivre.

I

PRISON

Cela m'a pris vers six heures.

Une onde de désespoir comme je n'en avais jamais connue qui m'a submergé, cerné le cœur, fouillé les tripes, meurtri la gorge et empli les yeux de larmes. Quelque chose d'atroce, d'avoir été trop longtemps contenue, qui m'a laissé, brisé, sur le lit dur et étroit de ma cellule, déjà la proie des ombres crépusculaires.

Il devait être six heures.

Un silence relatif régnait sur la prison.

Bientôt, dans la division, de l'autre côté de la cour, un détenu quitterait sa couchette, grimperait sur la table de bois sale fixée devant la fenêtre aux vitres inférieures dépolies et atteindrait, en violation du règlement qui prévoit le cachot pour ce genre de sport, l'imposte ouverte et les barreaux élevés à travers lesquels, et de cette façon seulement, s'apercevait un coin de ciel. Alors, s'accrochant d'une main et l'autre en porte-voix, il lancerait à travers la cour comme un S.O.S. ou un ignominieux indicatif de T.S.F. :

« Ici, Dédé la Hyène de Pigalle! »

A quoi un copain répondrait, d'une chétive mais perçante voix de tête :

« T'as le bonjour du Frisé d'Italoche. »

Et tous deux ensemble :

« En plein dans les miches à Bébert! »

Ce serait le signal d'un barouf du tonnerre. Presque toute la taule s'animerait, ne serait qu'un vaste gueulement, comme un début de mutinerie. De partout fuseraient les exclamations. Plusieurs dizaines d'enfants, en chemise de grosse toile écrue, frappée au niveau du cœur d'un matricule à l'encre grasse, qui étreignent les barreaux dans leurs petites mains innocentes ou d'étrangleurs, plusieurs dizaines d'enfants qui vomissent des blasphèmes, des ordures, des menaces de mort sans portée, de rageurs cris d'espoir, des rots de haine, leur prière du soir, leur *Angélus*, à eux.

« Mort aux gaffes et vive la fuite.
– Bonjour aux amis.
– Merde aux tantes.
– Paulot n'oublie pas Yvonne.
– Mort aux vaches.
– Vive la fuite. »

Tout ce qui a été écrit sur les murs, gravé à la sauvette sur un coin de table, tous ces graffiti, revendicateurs ou résignés, se font verbe et déferlent. Ils sont scandés et fouettent l'air, au rythme d'un cœur pas plus gros que le poing et dont on ne sait s'il étouffe de soif de tendresse ou de haine.

« Mort-aux-vach-et-viv-la-fuit'. »

Les gardiens ont abandonné leur belote. Chaussés de pantoufles, la tunique mal boutonnée, le képi de travers, le masque dur, ils courent dans les couloirs, la main velue serrée sur le trousseau de clés. Des serrures sont brusquement déverrouillées dans un fracas épouvantable. Certains aboyeurs ont pu regagner hâtivement leur lit. Sans être dupes, les gaffes ne pourront rien leur reprocher. Ils ricanent doucement. Ils savent que d'autres, moins agiles ou plus malchanceux, paient déjà. Demain, après-demain, ce sera le tour de celui-là qui semble roupiller comme un petit saint Jean.

« Tu vas fermer ta gueule, saloperie?

– M'sieur... m'sieur...

– Au cachot! »

C'est fini. Sur un dernier et faible : « Mort aux vaches et vive la fuite », parti on ne sait d'où, la prison s'endort, bercée par les lointains miaulements canailles d'un accordéon poussif qu'un vent miséricordieux apporte depuis Ménilmontant ou la place Voltaire.

... Du bout du monde, où les enfants sont libres.

***

Depuis deux mois, j'étais dans le bigne.

Je m'étais fait faire plutôt sottement, encore qu'il n'y eût pas entièrement de ma faute. Mais quand on n'est pas verni...

Un soir, la nuit et la pluie m'ont surpris alors que je déambulais mélanco-douloureusement aux alentours de la gare d'Austerlitz. A rôdailler toute la sainte journée, j'avais bien emmagasiné dans les jambes une trentaine de kilomètres, et mon dernier repas, composé de deux croissants, remontait à la veille. Je n'aspirais qu'à une chose : m'allonger n'importe où, et ronfler. Je suis descendu sur la berge et j'ai gagné le pont Sully, à l'arche protectrice.

La pluie tombait dru. L'obscurité était totale. Je me suis étendu sur les pavés et j'ai heurté un corps qui s'est réveillé et a commencé à l'ouvrir.

A ce moment, j'aurais dû vaguement grogner, tourner le dos au type et essayer d'en écraser. Va te faire foutre! C'était un clochard de l'espèce bavarde, de ceux qui sont toujours prêts à vous raconter leur vie, du temps qu'ils roulaient carrosse, ou presque, et moi, proche de mes seize ans, depuis si longtemps tout seul avec ma misère, sans personne à qui adresser la parole... Bref, on a entrepris de bavarder, en parfaites petites andouilles imprudentes que nous étions.

J'ai rapidement compris, à sa voix pâteuse et à son haleine parfumée au tartre de futaille, que le collègue avait les fièvres de Bercy. Effectivement, il n'a pas tardé à extraire d'une besace un objet qu'au toucher j'ai identifié pour une bouteille. Il était vieux et sociable, encore qu'il profitât mal de son expérience, la suite l'a prouvé. Il m'a offert de goûter à son pinard et je n'ai pas refusé. Le vin m'a râclé la gorge et brûlé un peu l'estomac vide, mais j'en ai repris. Je n'étais pas mal là, allongé, même sans dormir. Dormir, d'ailleurs, je ne pouvais pas. J'étais trop fatigué. Mais peu à peu, mes membres se délassaient et c'était bon. Il pleuvait toujours... j'entendais une rigole se déverser dans la Seine... si seulement l'autre avait voulu la boucler!

Le temps a passé.

On a vidé la bouteille.

Je me suis senti légèrement ivre.

Mais je l'étais moins, toutefois, que mon compagnon inconnu, qui avait dû commencer bien avant moi à sucer le bouchon. Bientôt, il n'y en a plus eu que pour lui. Il faisait les demandes et les réponses, tordu à zéro. Sa voix avinée a atteint un diapason inquiétant pour notre tranquillité. Je le lui ai dit. Il n'a tenu aucun compte de ma remarque. Et il a entonné tout à trac un chant patriotique.

Alors, j'ai compris ce que cela signifiait, parce que moi, règle générale, je me méfie de *La Marseillaise,* du *Chant du Départ,* et autres fredons conviant au casse-pipe; il n'en sort rien de bon et j'ai compris que je n'allais pas tarder à recevoir une tuile sur le coin de la gargamelle.

Ça n'a pas loupé.

Il y a eu du bruit sur la berge, des frôlements suspects. Des voix se sont élevées, qui ont couvert celle de l'ivrogne, des voix pleines, sûres d'elles, confortables, des voix de citoyens bien nourris...

Les hirondelles à tête bleue nous ont cueillis comme des fleurs et c'est ainsi qu'après un court stage au poste de l'Arsenal et au dépôt de la Préfecture de Police, histoire, dans ce dernier endroit, de me souiller le bout des doigts d'encre grasse et de laisser mon tour de tête et une photo de mon intéressante physionomie à des collectionneurs d'aspect patibulaire, j'ai été écroué à la Petite-Roquette, sous la prévention de vagabondage.

***

Ça m'a fourni l'occasion de traverser Paris en voiture. Le panier à salade, traîné par deux carnes, a cahoté en passant sous le porche de la Maison des Jeunes Détenus. Malgré le vacarme des sabots et des roues, j'ai entendu une femme qui se trouvait là dire :

« Tu vois, si tu n'es pas sage, tu iras là-dedans. »

Le panier a franchi le porche. J'ai entendu les lourdes portes se refermer. Elles tournaient aisément sur leurs gonds bien huilés, mais les vantaux de fer se sont heurtés avec fracas. Et puis, il y a eu cet abominable bruit de clé.

La voiture s'est immobilisée et un cheval a gratté le pavé de la cour de son sabot impatient. On s'est agité autour du fourgon. Des voix rudes se sont fait entendre. La porte de derrière a été manœuvrée et quelqu'un s'est introduit lourdement dans le couloir central du véhicule à viande. Les placards ouverts, on nous a invités à descendre. Notre « fouille » à la main – tout le contenu de nos poches enveloppé dans le mouchoir – marchant avec difficulté dans des souliers veufs de lacets, nous avons obéi.

De l'autre côté d'une cour sinistre, au-dessus de laquelle le ciel n'avait jamais paru si haut, nous nous sommes alignés dans un couloir fétide aux murs peints d'une symbolique couleur chocolat d'où semblait émaner l'odeur qu'on respirait.

« Halte! Posez vos fouilles! »

Court sur pattes, un gaffe s'est amené et nous a fait ses recommandations en gueulant. Il nous a ordonné de nous tourner contre le mur, les bras croisés derrière le dos, et de faire attention de ne pas essayer de regarder par-dessus notre épaule et de ne pas parler entre nous, que ce n'était pas la distribution des prix ni des cadeaux de Noël, et que celui qui voudrait jouer au petit soldat saurait assez vite ce qu'il en coûte, et ce tonitruant il nous a placés à trente centimètres l'un de l'autre, sans doute pour qu'on soit tenté de transgresser ses ordres, afin que ça commence bien, qu'on étrenne convenablement la cabane, et là-dessus il s'est débiné en rigolant, content de lui, en vrai foutu con et fils de pute qu'il était.

On nous a bien laissés tranquilles dix minutes.

Nous étions six, quelque chose comme moins de cent ans d'âge au total. La tête baissée, nous nous examinions mutuellement à la dérobée, recherchant des possibilités de confidences ou d'amitié. Mon voisin de gauche, vêtu d'un complet gris fatigué, se dandinait d'un pied sur l'autre, en tortillant de l'arrière-train. Il se frottait aussi le menton ou la bouche contre l'épaule, un peu à l'instar du cheval du panier à salade. Ça devenait énervant. A un moment, il a tourné son visage vers moi et, malgré la pénombre qui régnait dans le couloir, j'ai remarqué un noir pas naturel cerclant ses paupières fripées et un rouge trop rouge à ses lèvres. C'était ce dernier fard qu'il essayait d'enlever en se frottant la bouche contre l'épaule. Il y était presque parvenu.

C'était une tante! Un de ces prostitués mâles qui hantaient Montmartre, « Tout va bien » (tu parles!) ou la rue de Lappe.

De droite à gauche, il a inspecté furtivement les environs et, n'y découvrant rien de nature à l'inquiéter, s'est débarrassé d'un coup, d'un vif mouvement de la main, du restant de fard. Il a soupiré de soulagement en se recollant les bras dans le dos et reprenant sa position première.

« Saleté de rouge, hein? ai-je chuchoté.

– Oh! je n'utilise que d'excellents produits. »

Il faisait l'article, continuant à se trémousser.

« T'as envie de pisser?

– Je suis un peu ner...veux. »

Il m'a lorgné avec intérêt :

« Tu en es? »

C'était ma réflexion sur le rouge à lèvres qui lui faisait supposer ça. Je l'ai détrompé en ricanant.

« Vagabond. Ramassé sous un pont. Et toi?

– Rue de Lappe. Je... »

Il a été interrompu par mon voisin de droite qui s'est brusquement mis à pleurer. Celui-là, depuis quelques minutes, je l'entendais renifler, avaler sa salive de travers et émettre de drôles de sons avec sa gorge. C'était un môme de treize-quatorze ans, aux grands yeux égarés dans un visage souffreteux, l'air d'un criminel comme moi d'un évêque. Il n'en pouvait plus. Il lui fallait se débonder. Il a éclaté bruyamment, sans se soucier d'essuyer ses larmes, le corps menu secoué de sanglots, les bras toujours docilement croisés derrière le dos.

Cette manifestation de chagrin s'est entendue à l'autre extrémité du couloir et un gaffe a crié :

« Qu'est-ce que c'est? On ne vous a pas dit de vous taire? Comprenez pas le français? »

Personne n'a répondu. L'autre chialait toujours. Le gaffe s'est approché pour voir de quoi il retournait. Il a ricané :

« Il pleure? Il est bien temps. Aurait pu y penser plus tôt. C'est pas ici qu'il faut pleurer. »

Bon Dieu! où donc, alors?

Le gaffe est parti s'adresser à un invisible collègue :

« On fait l'appel, oui? On va pas les laisser là jusqu'à demain. »

Son copain a baragouiné une phrase indistincte. Une porte a claqué. Dans un intolérable cliquetis de clés heurtées, deux gardiens ont rappliqué derrière nous. J'ai éprouvé leur présence formidable. Elle pesait dans mon dos comme un corps de géant. J'ai senti sur ma nuque comme un souffle chaud de bête qui me flairerait avant le premier coup de dent. Une bête en uniforme dont je percevais l'odeur du drap.

« Tournez-vous. »

J'ai été étonné de les voir si petits. L'un d'eux tenait une feuille de papier à la main :

« Bartaud.

– Voilà.

– T'es garçon de café?

– Non, m'sieu.

– Alors, pourquoi réponds-tu comme un garçon de café, quand on t'appelle?

– Sais pas.

– Sais pas, qui?

– Sais pas, m'sieu.

– On dit : présent.

– Oui, m'sieu. Présent, m'sieu.

– Latour.

– Présent.

– Marquet.

– Pré... »

Un sanglot a coupé le mot en deux.

« ... sent.

– Arnal. »

J'ai assuré ma voix du mieux possible :

« Présent.

– Girard.

– Présent.

– Rémy.

– Présent. »

Le gaffe a plié son papier.

« Tournez-vous face au mur. »

On a poireauté encore quelque peu et puis nous avons été introduits individuellement dans le bureau du directeur, un maigrichon d'une cinquantaine d'années, au visage terminé par une petite barbiche, avec des yeux doux de myope derrière les verres du pince-nez. Je ne sais pas pourquoi, tout le temps qu'a duré l'entretien, et même ensuite, je me suis toujours représenté cet homme avec un chapeau de paille, un canotier pisseux à large ruban noir, sur la tête. Peut-être parce que, à la communale, l'instituteur dont j'avais conservé le meilleur souvenir, portait, été comme hiver, un couvre-chef de ce genre. Le directeur était assis derrière son bureau, encombré de paperasses, dans lesquelles il fourgonnait sans conviction. Je suis resté devant lui. On n'avait pas prévu de sièges pour les visiteurs involontaires.

« Vous vous appelez Arnal, a-t-il dit.

– Oui, monsieur le directeur, André Arnal.

– Appelez-moi monsieur, seulement.

– Oui, monsieur.

– Vous êtes né...

– A M..., en 1910, monsieur. »

J'ai fourni les noms et prénoms de mes parents et de mes grands-parents.

Gaston Arnal, né le..., à... Décédé.

Marie, née Dupuis, le..., à... Décédée.

Et le vieux et la vieille...

Décédés... Décédés...

Comme si je n'avais, de ma courte existence, eu d'autres distractions que de contempler des tentures funèbres au seuil de ma maison. Je n'ai pas parlé de mon frère. C'était inutile. Mais lui aussi s'ajoutait à la liste.

« Hum... »

Le directeur m'a regardé en hochant la tête. Il avait de plus en plus l'air de porter un chapeau de paille. Il devait penser que c'était toujours pareil.

« Profession?

– Je n'en ai pas, monsieur. C'est-à-dire... je suis artiste.

– Hum... »

Il a choisi une page de calepin dans mon dossier.

« C'est vous qui faites ces dessins?

– Oui, monsieur.

– Vous en avez vendu?

– Non, monsieur. »

Je n'avais pas réussi à en placer un et depuis longtemps je n'essayais plus. Il a posé le dessin sur son buvard.

« Vous croyez qu'il n'y en a pas assez, d'artistes, à Paris? Et vous avez quitté votre province, où le soleil chauffe dix mois par an, pour venir trouver ce climat? »

Il a eu un geste vers la large fenêtre grillée par où s'apercevait le ciel gris. Je n'ai pas répondu. Il a repris :

« Puisque vous êtes sans profession et que vous ne vendiez pas vos croquis, de quoi viviez-vous?

– J'ai travaillé un peu comme manœuvre et je recevais de temps en temps quelques petites sommes de ma famille. »

Il a froncé les sourcils.

« Je croyais que vous n'aviez plus de parents.

– J'ai encore un vieil oncle, le frère aîné de ma mère... »

J'ai fourni son nom et son adresse. Le directeur en a pris note.

« Vous êtes inculpé de vagabondage. Ce n'est pas bien grave. Vous n'avez ni volé ni assassiné. Vous étiez simplement sans un sou. Ce n'est pas bien grave, si vous savez vous arrêter à temps sur la pente... »

J'ai pensé amèrement que ça ne me déplairait pas du tout de me réveiller millionnaire, si c'était ce qu'il voulait dire.

« ... Vous allez être pourvu d'un avocat d'office. Il viendra vous voir dans quelques jours. Si vous pouvez faire la preuve que vous receviez des subsides de votre oncle, on vous rendra à votre famille... à votre oncle, s'il veut se charger de vous et vous réclame. Écrivez-lui dès aujourd'hui et expliquez-lui bien l'affaire. Vous avez compris ?

– Oui, monsieur. Merci, monsieur. »

Il a eu un geste las.

« Ne me remerciez pas. J'essaie de vous sauver. Ce n'est jamais bon de venir échouer ici, même pour une peccadille. C'est comme un signe du destin. Songez-y et tâchez de vous reprendre.

– J'y songerai, monsieur.

– Maintenant, autre chose... »

Il a retiré son pince-nez et s'est mis à en fourbir les verres. Il semblait qu'un changement se soit produit en lui. Toute son attitude signifiait clairement d'avoir à prendre garde.

« ... Vous n'éviterez pas la maison de correction jusqu'à votre majorité, a-t-il articulé lentement, si par hasard, et fréquemment ou non, vous avez suivi des hommes dans des hôtels. Vous voyez ce que je veux dire ?

– Oui, monsieur. Je n'ai jamais rien fait de ce genre. »

Et là-dessus l'entrevue a pris fin.

***

Deux mois ont passé pendant lesquels, devenu le matricule 7143, et vêtu de bure marine quoique en prévention, j'ai occupé la cellule 11, 3e Division.

Pendant soixante jours, mes actes ont été commandés par une cloche qui retentissait d'un bout de la journée à l'autre bout, à intervalles irréguliers, annonçant le réveil, la distribution du pain, celle du travail, la soupe du matin, les légumes de l'après-midi (sauf le dimanche, où nous avions droit à un morceau de viande puisé par les mains sales d'un prévôt à même une profonde gamelle), le parloir, la silencieuse promenade d'une demi-heure, le coucher.

Je n'ai jamais mené une vie aussi bien organisée et plus tranquille. A part le léger pincement au cœur du début, j'ai passé ces deux mois dans une sorte d'inconscience absolue, attentif à nouer bout à bout des ficelles disparates dont je faisais des pelotes rémunérées un franc le kilo par une administration assez regardante à la dépense.

Je n'ai pas revu le directeur. Ça devait être compris comme ça dans le programme. On comparaissait devant lui, à l'entrée, et puis on n'en parlait plus. A se demander s'il existait, seulement. On était livré aux gaffes, hostiles par principe, aux prévôts, aux auxis et aux détenus chevronnés qui vous bousculaient dans les couloirs si, d'aventure, une corvée imprévue vous appelait hors de votre cellule, et vous faisaient punir à leur place, selon la nécessité, leur humeur ou celle de l'escorte geôlière.

Un avocat m'a visité une seule fois et il ne s'est pas montré très encourageant. Lorsqu'on venait si jeune à

Paris, il fallait faire attention. C'est tout ce qu'il a trouvé à me dire. J'ai oublié de lui demander à quoi j'aurais dû veiller. Je m'en foutais. Apathique vingt-quatre heures sur vingt-quatre, je n'attendais rien, ni du dehors ni du dedans, de bon ou de mauvais.

Et puis, un soir, ç'a été comme un coup de matraque, un peu ce qui arrive à ces types bien portants qui n'ont jamais connu ni rhume ni rien et qui tombent brusquement comme une masse. Leur première maladie et en même temps leur dernière, dont, s'ils n'en crèvent pas, ils sortent pour être roulés dans une petite voiture. Mais moi, j'ai eu plus de veine. Ça a dû être la faute – je ne parle pas de la veine, mais de ce qui l'a précédée – de ce journal qui traitait du mildiou.

La veille, j'avais éprouvé le besoin de lire et j'avais profité de ce que l'aumônier passait dans le couloir pour m'enhardir à lui demander un peu de lecture. « Bien, mon enfant », qu'il a fait, le curé. Nous nous adressions la parole pour la première fois. Il est revenu dix minutes plus tard me colloquer un vieux numéro du *Petit Journal agricole,* nanti d'une jolie photographie de bourricot sur la couverture. De quoi se nourrir l'esprit, il n'y a pas à dire! Et bien une idée de curé de prison, voilà ce que je pense. J'ai pris la feuille de chou avec de profonds mercis parce que, en cabane, s'il fallait demander à tout un chacun s'il vous prend pour un con, il faudrait posséder des cordes vocales de rechange et une dose peu commune d'étonnement. J'ai pris le journal, me suis reglissé dans les toiles et, au coin d'une page, je suis tombé sur cet article concernant le mildiou, qu'illustrait une jolie feuille de vigne, une feuille de vigne bouffée aux mites, mais je n'avais jamais rien vu de si beau et j'ai rêvé un peu dessus et puis je me suis endormi et, le lendemain matin, j'ai rendu au prêtre son *Petit Journal agricole,* parce que, chapitre de l'intérêt, ça laissait plutôt à désirer.

Il a dû m'en rester quelque souvenir dans un coin obscur de mon ciboulot. Toute la journée – une journée en apparence semblable aux autres – ça a dû mijoter et fermenter, comme le vin qu'on fabrique chez nous, ou peut-être même que ça durait depuis plus longtemps que ça, que ça s'accumulait depuis que les flics m'avaient ramassé sous le pont. Toujours est-il que le soir, vers six heures, ça a éclaté, comprimé depuis longtemps ou pas, ç'a été terrible, il n'y a pas de mots pour l'exprimer.

Un éclair a fondu sur moi. J'ai sursauté sur ma paillasse et trépigné, et me suis étreint la tête à deux mains, cependant qu'avant de mordre le drap grossier, juste à l'endroit marqué d'un matricule, mes dents grinçaient. C'est comme ça que j'ai pleinement réalisé ma triste situation. Pour la première fois, les mots : « maison de correction », se sont imposés à moi dans tout leur sens redoutable. La défection de mon avocat et le silence du seul parent qui me restait prenaient une signification atrocement claire. Ça y était ! J'étais abandonné, traité en voleur et assassin, sans être ni l'un ni l'autre. Quelque part, dans un de ces locaux enténébrés où se rend la justice comme se prépare ou s'accomplit un mauvais coup, « ils » avaient disposé de mes seize ans. Seize ans ! Je ne les comptais pas encore. Il s'en manquait d'un mois. On attendrait peut-être mon anniversaire, pour me présenter le cadeau : « ... sera interné... majorité... maison de redressement ». C'était injuste. On n'avait pas le droit. Je refusais. On ne tire pas ainsi un trait d'encre noire sur la jeunesse d'un être humain. Des gamins et des gamines de seize ans étaient libres, qui auraient dix-sept, dix-huit, dix-neuf et vingt ans, et moi je ne connaîtrais jamais cette succession d'âges. Un grand saut, de seize à vingt et un. Un immense abîme peuplé de tourments, de Dédés Hyènes de Pigalle, de Frisés d'Italoche, de matricules, de gaffes, de coups et d'hypocrites apitoiements. Dans cinq ans, je sortirais – si j'en sortais – de la colonie pénitentiaire d'Aniane ou de Mettray, et, d'un coup, j'atteindrais vingt et un ans, l'âge de coiffer le képi à large viscope des Bat' d'Af'. A cette évocation, j'ai pleuré, j'ai pleuré, secoué de sanglots et de hoquets, et j'ai crié merde et j'ai répété que c'était injuste et j'ai dit à Dieu que je ne croyais pas en lui, mais que s'il existait qu'il ne m'abandonne pas, qu'il avait été suffisamment vache, qu'il s'arrête, par pitié, qu'il ne se montre pas plus fils de putain que l'exigeait son courroux, que j'avais eu ma part et au-delà, qu'à côté de moi une poupée qui dit : « Papa-maman » était mieux lotie, parce que je n'avais jamais dit papa-maman. Je n'avais pas pu. Ils étaient morts.

Et puis, je me suis apaisé, brisé de fatigue et de douleur, et j'ai compris que la partie était jouée et qu'en conséquence il n'y avait plus qu'à laisser pisser le mérinos.

***

C'est alors que s'est produit le miracle. Je ne crois pas aux signes, sauf s'ils annoncent la poisse, mais ça s'est passé comme je le dis.

J'étais là comme mort, depuis quelques minutes, la crise éteinte et l'esprit de nouveau vide, lorsque le silence de cette partie de la prison a été troublé par le bruit, insolite à cette heure, des souliers cloutés d'un gaffe. Il a ouvert une cellule, à l'extrémité du couloir, et j'ai reconnu la voix du détenu-comptable de la division s'informer de la cause de cette irruption. L'autre a répondu :

« 7143, liberté. »

Mon cœur a bondi si violemment dans ma poitrine que j'en ai suffoqué. Il a dû aller et venir plusieurs fois, se heurter aux barreaux de la cage thoracique, avant de reprendre sa place normale. Je me suis demandé si je ne rêvais pas, si j'avais bien compris, si ce n'était pas une nouvelle vacherie du sort. J'ai sauté du lit, ai collé mon oreille contre l'épaisse porte, tâchant de surprendre ce que se disaient le gardien et le comptable, dont la conversation me parvenait en murmure. Je n'ai pu rien distinguer et ça m'a paru interminable et puis, de nouveau, les pas ont éveillé des échos sonores, ils se sont arrêtés devant ma cellule, le judas a été manœuvré. Le gaffe l'a refermé sans piper mot, après m'avoir jeté un coup d'œil. L'espace d'une seconde, le désespoir m'a repris. Mais j'ai pensé en même temps qu'il était bizarre que le surveillant, me surprenant hors du lit, ne m'ait pas engueulé...

... Introduite avec l'habituel énorme bruit dans la serrure, la clé en a fait jouer le pène – deux claquements secs de détonation – le gaffe a poussé la porte et sa silhouette massive s'est découpée dans son encadrement.

« 7143... »

Il a débité le nombre en tranches, selon l'habitude de la taule :

« ... Soixante et onze, quarante-trois... Arnal... C'est toi?

– U... oui, m'sieu.

– Liberté. »

Sa voix s'est enflée pour prononcer le mot. Il a dû résonner douloureusement aux oreilles des autres détenus aux aguets.

« ... Prends tes affaires, ta literie et suis-moi au greffe. Magne-toi. »

Je me suis magné.

II

ESPIÈGLERIE

Pieds nus et en chemise, mon costume de bure sous un bras, les draps et le polochon sous l'autre, une pantoufle dans chaque main, j'ai descendu le large escalier avec, sur les talons, le gaffe qui m'exhortait à faire fissa, comme s'il était plus pressé que moi.

J'avais plaisir à obéir et ç'a été rapide, mais pour si rapide que ça ait été, j'ai eu le temps d'observer un curieux changement d'esprit en moi. Quelque chose qui me reprochait mes pleurs, mon effondrement, ma faiblesse récente. Une fois hors de danger, on n'a pas grand mérite à jouer les invincibles, mais c'est comme ça qu'on est tous, sans doute, d'argile, comme dit l'autre par politesse, pour ne pas employer un terme plus exactement précis.

Au greffe, j'ai déposé mon barda sur un banc. Un type en civil, avec une blouse, s'est décollé de sa chaise, derrière le comptoir, et il est venu procéder à l'inventaire en paraissant songer à la mort de Louis XVI, mais ça, c'était l'éternelle comédie. Moi, je ne savais plus très bien ce que je faisais et je restais là, planté comme un cigare, en liquette, devant ce type, les deux gaffes, celui qui avait ouvert la porte de ma cellule et un autre qui se trouvait là quand nous étions entrés et qui se curait les dents en silence à côté d'un scribouillard. Mais le gars en blouse était plus à son affaire qu'il n'y paraissait et il m'a dit d'ôter ma chemise – propriété de l'État – et il s'est tiré, me laissant tout nu.

Il est revenu me jeter un paquet contenant les frusques que je portais lors de mon arrestation. Il m'a prêté un instrument pour trancher la ficelle. J'ai sorti le vêtement du papier d'emballage. S'il n'était déjà pas beau, deux mois auparavant, il n'avait, pour le moment, aucune forme, fripé, froissé, indescriptible, et dégageant une entêtante odeur de désinfectant. Ça ne lui avait pas réussi de rester à l'abri des intempéries après un passage à l'étuve. Le chapeau qui l'accompagnait, tassé entre le pantalon et le veston, ressemblait à une galette nettement incomestible, à en juger par la couleur. Si l'envie me prenait de mendigoter, ce couvre-chef conviendrait parfaitement. Il avait la gueule de l'emploi.

Je suis resté un moment interdit à considérer ce lot avec des yeux ronds, à me demander quelle serait ma touche une fois ces loques endossées et concluant : « Certainement plus moche que lorsque j'étais entré au ballon. »

Un des gaffes, celui qui se curait les dents, a interrompu ma rêverie.

« Magne-toi », a-t-il dit.

Dans la cour, une voix lui a fait écho :

« Magne-toi. »

C'était le mot-maître.

J'ai commencé à m'habiller en vitesse.

Un troisième gaffe est entré, escortant un détenu de treize-quatorze ans que l'on foutait également à la porte de cet endroit insalubre. Comme moi, il était en chemise et embarrassé de tout son fourbi.

Le scribouillard a fait celui qui a du boulot par-dessus la tête et dit aux nouveaux arrivants d'attendre leur tour. Pour le moment, il épluchait mon compte. Mon gaffe lui avait remis la feuille établie par le comptable de la division et il se livrait à un tas de calculs à l'aide d'un grand livre et d'un porte-plume dont il mâchonnait l'extrémité inoffensive. Il ne disait rien, absorbé par son travail, et les gaffes, eux non plus, ne disaient pas grand-chose, sauf de temps en temps, par habitude et sans savoir à qui ils s'adressaient.

« Magne-toi. »

S'il n'avait dépendu que de moi, j'aurais déjà été dehors.

« Bon, a dit le scribe. Euh... »

Il a marmonné. J'ai compris : soixante-dix. Il a émis une sorte de hoquet et est revenu à ses chiffres. Il vérifiait mon dû pour les crétinisantes pelotes de ficelle.

« Oui, c'est ça, a-t-il soupiré, enfin, heureux de s'y retrouver. Quarante kilos, plus quarante francs, mandat Dupuis, moins dix francs de cantine, égale soixante-dix francs... »

Il a ouvert un tiroir et manipulé de la monnaie.

« Mon oncle m'a envoyé quarante francs ? »

Le gaffe qui se curait les dents s'est animé. Il a grogné :

« Sans doute. Ce n'est pas moi qui ai versé cette somme à ton compte, va, tu peux en être sûr... »

Il a regardé la pendule.

« Magnez-vous, bon Dieu !

– Et... qu'est-ce que je fais maintenant ?

– On te vide. T'es pas content? T'aimes mieux rester ici?

– Oh! non, m'sieu. Mais...

– Tu bénéficies d'un non-lieu. T'avais un bon avocat, sans doute? »

Ça m'a fait sourire.

« Son parent l'a réclamé, a dit le scribe, délaissant sa finance et s'y repaumant.

– Alors, on va me renvoyer chez moi? »

Le gaffe s'est tordu.

« Et puis quoi encore? Tu voudrais pas une actrice, des fois? On te fout dehors. C'est déjà pas mal. »

J'ai approuvé. Et j'ai pensé que c'était un drôle de truc de me libérer comme ça, qu'on aurait pu m'hospitaliser encore cette nuit, qu'à quelques heures près ça ne comptait pas, parce que je sentais bien que, si l'on ne me rapatriait pas, je continuerais à être de la zone, et pas plus tard que tout de suite, et qu'un jour ou l'autre je retomberais et que cette fois ce ne serait pas le désir purement platonique de mon oncle de m'avoir auprès de lui qui me tirerait du ballon. Mais je n'allais pas me plaindre d'un excès de beauté chez la mariée. On m'ouvrait les lourdes, c'était l'essentiel. Maintenant, au moment de les quitter, les gaffes déteignaient sur moi. Une envie folle me démangeait de répéter leur : « Magnez-vous. » Surtout devant ce scribe qui n'en finissait plus d'aligner des chiffres et de compter sur ses doigts. Enfin, j'ai compris ce qui le turlupinait. Il avait relevé dans mon compte une erreur de quinze francs. A l'idée que j'aurais pu les empocher indûment, il virait au vert.

« J'aurais pas cru que ce soit si compliqué, a soupiré le

gardien, en allumant une cigarette. Qu'est-ce que c'est que ces quinze francs?

– La vitre qu'il a cassée, le premier jour. »

Le gaffe a sifflоté :

« Eh! dis donc, Arnal, t'es une forte tête, hein? T'as cassé un carreau, pour ton arrivée?

– Pas de ma faute... »

J'ai expliqué.

J'ignorais que l'on distribuait le pain à la volée et qu'il fallait se déguiser en joueur de rugby pour l'attraper. La porte de la cellule s'ouvrait, le prévôt lançait la boule et c'était au détenu de se montrer assez agile pour la bloquer. Moi, j'étais neuf, pas au courant de ces coutumes sportives, et les prévôts n'y allaient pas de main morte, dans leur exercice de lancement du poids, en pires fumiers que les gaffes et cherchant toujours à brimer les nouveaux. Aussi, quand j'avais vu cette livre de son fendre l'air en direction de ma binette, je m'étais baissé pour l'éviter et la boule était allée donner en plein dans la fenêtre. Or, en cabane, les objets inanimés eux-mêmes sont aussi astucieusement vaches que les humains. C'est l'atmosphère qui veut ça. Elle avait réussi, après avoir brisé la vitre, à passer entre les barreaux et valser dans la cour où d'autres que moi se l'étaient partagée, à moins qu'elle n'y ait pourri. De toute façon, je ne l'avais plus revue. Ni elle ni sa sœur ni quoi que ce soit qui y ressemble. Donc, ce premier jour, j'avais été privé de pain et maintenant, à ma libération, je payais le bris du carreau.

Le gaffe a paru trouver tout cela normal, aussi bien le comportement de la boule que celui de l'administration.

Le scribe, ayant enfin tiré au clair le problème de mon pécule, a aligné cinquante-cinq francs en billets crasseux sur le comptoir de bois. Je les ai empochés, j'ai signé d'une main tremblante ma levée d'écrou et on m'a expédié.

Je suis resté un moment indécis sur le trottoir, les oreilles bourdonnantes du bruit de l'immense porte métallique refermée derrière moi. Des gens passaient dans la rue, qui m'ont toisé avec ironie. Le colis mal ficelé que j'étais pouvait difficilement nier sa provenance.

La porte s'est encore ouverte, livrant passage au collègue entr'aperçu au greffe. Il m'a rejoint.

Quatorze ans, guère plus, mais fortement râblé, un athlète à côté de moi, il arborait la figure candide de l'enfant bien élevé qui fait l'orgueil et la joie de ses parents. Ses cheveux embroussaillés accentuaient son air sympathique de petit garçon peut-être espiègle, mais bon cœur. Toutefois, ses yeux bleus s'illuminaient parfois de lueurs louches, auxquelles je n'ai pas, sur le moment, porté attention. Il avait dû apprendre ça en taule, pour faire « dur ». Dans l'ensemble, et en dépit de l'endroit d'où il sortait, il avait l'air de ce qu'on appelle un bon petit diable.

« Eh bien! mon pote? » qu'il a fait, avec un fameux accent faubourien.

J'ai dit en rigolant que nous avions de la veine et l'ai invité à arroser ça et on est allés au bistrot d'en face servir de cibles faciles aux railleries du patron.

On ne s'est pas attardés. On a quitté les parages malsains de la Roquette et on a traîné de droite et de gauche, pas mal désœuvrés, presque penauds d'être libres. De fil en aiguille, on s'est raconté nos histoires respectives.

« Oh! moi, a dit Fernand – c'était son nom – c'est un roman d'amour. Figure-toi que j'avais réussi à coucher avec la fille de ma concierge, Odette, une souris de mon âge. Un jour, on a décidé de mener la grande vie : j'ai barboté cinq cents balles à la veuve...

– La veuve?

– ... Ma mère, quoi! et on s'est tirés. Eh bien! mon vieux, cinq cents balles, ça fout le camp vite. On les a bouffées en moins de deux, et rien qu'à la pensée de la fessée que nous allions prendre, en retournant chez nous, nous en avions le cul rouge. Alors, on ne s'est pas décidés et un soir, à la Madeleine, on a été alpagués... Je suis passé devant une espèce de juge. Ma vieille était là. Elle a expliqué que je n'étais pas un mauvais gars, que je ne laissais jamais passer sa fête sans lui apporter des fleurs, mais que, tout de même, il me fallait une leçon. Elle acceptait bien de me reprendre et veiller sur moi, mais il me fallait une leçon. Si monsieur le juge voulait être assez aimable pour me punir un tout petit peu... »

Il m'a sorti ça en toute ingénuité. J'ai explosé :

« Elle n'est pas un peu cinglée, ta mère, Fernand? Personne n'était là pour l'affranchir qu'on ne peut pas être puni " un petit peu "; que c'est tout l'un ou tout l'autre; que nos parents nous réclament ou que nous filons la vingt et une?

– Je crois qu'elle était au courant, mais, tu comprends, c'est la pâte des femmes, cette veuve; elle n'a pas dû piger... Elle a voulu me faire peur.

– La pâte des femmes?... Mais, dis donc, on est sortis de taule ensemble. Comment ça se fait?

– Le jour que je te parle, le juge a renvoyé l'affaire. Je suis retourné à la Roquette. Plus entendu parler de rien. Et puis ce soir, on m'a vidé.

– Eh bien! mon vieux Fernand, on aura tout vu. Un chat-fourré moins vache qu'une mère... Ça, alors, c'est unique. »

Il en a convenu avec, dans le regard, une de ces lueurs mochardes dont j'ai déjà parlé, et nous avons poursuivi notre balade crépusculaire plutôt silencieux, après ces confidences.

Au bout d'une heure, Fernand est devenu mauvais. Il s'est plaint des pinceaux, il a fallu s'asseoir sur tous les bancs. Avec ça, il bonissait des propositions insidieuses ayant un rapport avec un repas au restau et le plumard mœlleux d'une carrée d'hôtel. Et pas question qu'il les lâche, lui, bien entendu, comme il n'était pas davantage question qu'il rentre au bercail. Il avait trop les foies de sa mère et du manche à balai de sa concierge. A dire le vrai, tout en redoutant une rencontre avec ces deux personnages, il comprenait parfaitement qu'il faudrait bien en arriver là, un jour. Il ne pourrait pas continuer cette vie de cloche, dans Paris. Pas taillé pour. En attendant, il collait après moi, avec des questions et des propos à la gomme et des vues très précises sur mon pécule.

Bref, on a fini par s'engueuler, Fernand et moi.

On s'est engueulés, mais il ne m'a pas lâché pour autant et on a continué de marcher. Sur les boulevards, on est passés devant des kiosques de fleuristes, à l'étalage déshonoré par des ardoises dégueulasses. J'ai lu un nom sur l'une d'elles et Fernand a lu aussi et il s'est exclamé, comme un idiot :

« La fête de ma mère!... Si je lui achetais un bouquet et puis que j'aille la trouver avec ça, tu ne crois pas que ça ferait une bonne entrée en matière, qu'elle me recevrait tout ce qu'il y a de pépère?... Qu'est-ce que tu ferais à ma place? »

Il commençait à me courir. J'ai ricané :

« A ta place, au lieu de lui acheter des fleurs, et fête ou pas fête, je la balancerais plutôt par la fenêtre, ma douce maman du genre de la tienne... »

Et j'ai ajouté, pour bien appuyer sur la plaisanterie douteuse :

« ... A condition qu'elle demeure au-dessus de l'entresol. »

Il n'a rien répondu. Il s'est mis à réfléchir. On est restés silencieux une bonne demi-heure. Et, soudain, il a craché :

« J'en ai marre, d'aller et venir comme ça, sans savoir si je ne vais pas encore coucher dehors... »

Je l'ai interrompu tout de suite pour qu'il sache bien à quoi s'en tenir.

« Ça, mon vieux, tu l'as dit. J'ai cinquante balles et il faut qu'elles me fassent au moins jusqu'à ma mort. De plus, la température est douce et j'ai bien envie de me baguenauder encore un peu, profiter de ma liberté, respirer à pleins poumons les poussières de la ville. Je dors tout mon saoul depuis deux mois. Je peux bien me permettre cette fantaisie. Et si les flics me demandent quelque chose, je leur répondrai que l'Armée du Salut était fermée et je ne crois pas qu'ils puissent me rencrister tout de suite. Demain, j'aviserai... »

Tout ce discours pour qu'il comprenne bien qu'il n'entrait pas du tout dans mes intentions de chercher un hôtel ni d'écorner les cinquante balles qui me restaient.

Il m'a jeté un œil sournois sous les sourcils froncés. Il a balancé son pied droit et envoyé dans le caniveau un prospectus roulé en boule qui se trouvait à portée de sa semelle.

« Bon, a-t-il dit. Bon. Tu sais pas ce qu'on va faire? Eh bien! on va aller coucher chez moi. Comme ça, tu ne dépenseras pas ton fric. (Le coup du mépris!) Tu t'imagines peut-être que je crains ma vieille, eh bien! tu te gourres. (Il a eu dans le regard une de ces flammes suspectes.) J'ai quinze francs. Je vais acheter des fleurs pour l'amadouer. (Il y tenait, à ses fleurs.) Et tout à l'heure, je couche à la maison, dans un plumard, et toi aussi... »

J'ai secoué la tête.

« Vas-y tout seul, va. D'après ce que tu m'as dit de ta mère, je n'ai pas l'impression qu'elle me donnera l'hospitalité.

– Essayons toujours. »

Quand il avait une idée dans la tête, il ne l'avait pas aux pieds. Et ça grouillait de trucs dangereux, cette tête, je n'allais pas tarder à m'en apercevoir. Et si j'avais su, je n'aurais pas accepté sa proposition, car, au sortir de prison, mieux vaut y aller mou. Mais j'ai accepté. J'ai accepté pour plusieurs raisons : d'abord, je me suis dit que sa mère n'était peut-être pas la mégère décrite et que ça ne me ferait pas de mal de me retremper dans une atmosphère familiale; d'autre part, dans le cas où il serait reçu à coups de trique, je n'aurais qu'à trisser, débarrassé sans douleur (pour moi) de cet emplâtre. Parce que j'avais compris que, pour le plaquer là, en pleine rue, c'était midi. Il me fallait au moins l'accompagner. Ce que j'ai fait.

La mère de Fernand demeurait là-bas, dans le XIIe, le quartier des Charognes, qu'on appelle, un coin encore plus cafardeux que la place d'Italie. La nuit tombait lorsqu'on s'est engagés dans une rue étroite, bordée d'hôtels lépreux et de bistrots à l'éclairage jaune. Fernand m'a désigné une bâtisse qui faisait figure de gratte-ciel, avec ses cinq étages.

« C'est là. Au quatrième. Sur le devant.

– Je t'attends, j'ai dit. Fais-moi signe si je peux monter. »

Il s'est engouffré dans l'immeuble, son énorme bouquet sous le bras. Dès qu'il a eu disparu, un fugace désir d'en faire autant m'a pris. C'était fini; une brebis égarée était rentrée au bercail. Elle oublierait de m'appeler. Mais je suis resté à poireauter quand même, dans l'atmosphère amollissante de ce soir d'été finissant. On ne sait jamais.

D'un café est sortie une femme à la démarche de tapineuse montée sur rotules. Des gens paisibles, leur travail accompli, prenaient le frais aux fenêtres. L'une de ces ouvertures donnait juste au-dessus de l'enseigne d'un hôtel. Un bicot l'occupait, penché sur la barre d'appui. Pour passer le temps, il glaviottait à intervalles réguliers sur l'enseigne, cherchant vraisemblablement à atteindre une ampoule. Un phono nasillait dans le fond obscur d'une chambre.

Soudain, un cri, un hurlement terrible.

La rue s'est brusquement animée. Il a surgi du monde de partout. La tapineuse a rebroussé chemin, frappant le sol de ses hauts talons, luisants comme l'acier. Le bicot a mis un terme à ses exercices de tir salivaire. Il a ravalé son mollard prêt à fuser et craché à la place un fort juron arabe. Il n'y a que le phono qui a continué à rauquer sa rengaine.

Quelque chose comme un gros paquet de linge a dégringolé le long de la bâtisse aux cinq étages. Le crâne a heurté le trottoir et s'y est brisé avec un bruit horrible, *un bruit mou de galette pourrie :* voilà l'impression que ça m'a fait, en même temps que ça me foutait un grand coup à l'estomac et que je n'étais plus qu'une immense envie de dégueuler. Dans la chute, les cheveux s'étaient dénoués. Ils faisaient comme une longue traîne, semée de sang et de cervelle.

J'ai levé les yeux et je l'ai vu, là-haut, à sa fenêtre, le bon petit garçon pour *Veillées des Chaumières,* qui rigolait et balançait ses fleurs sur le cadavre de sa maman.

***

Je me suis tiré en vitesse.

III

RENCONTRES

Au bout d'un moment de marche rapide, j'ai aperçu dans la nuit définitivement close les rouges tulipes lumineuses d'une entrée de métro. J'ai pris un billet et me suis engouffré dans le souterrain comme dans un refuge.

Pendant le trajet, je me suis dit qu'il me faudrait me surveiller. Toujours ouvrir ma bouche inconsidérément devenait une manie dangereuse.

D'abord, le clochard du pont Sully.

Si je lui avais opposé un visage de bois, à celui-là, et joué au muet, il n'aurait peut-être pas insisté et, mûr comme il l'était déjà, se serait peut-être rendormi et les flics ne seraient peut-être pas venus jusqu'à la berge et je n'aurais peut-être pas été fait. Mon raisonnement comportait de nombreux peut-être, mais il tenait.

Ensuite, Fernand qui ne paraissait pas bien équilibré, ni très compréhensif en matière de plaisanteries et de boutades. J'aurais dû me méfier de ses malsaines lueurs oculaires. Il avait accepté mon propos sur une possible défenestration de sa mère pour argent comptant et je pouvais me vanter de lui avoir glissé à ce moment-là une fameuse idée dans le crâne.

Si c'était pour continuer sur ma lancée, provoquer des

catastrophes qui me retomberaient fatalement sur le bec un jour, mieux valait fermer celui-ci ou me couper la langue, si la première opération se révélait impossible.

Je n'éprouvais déjà pas un pressant besoin de dormir, mais le drame auquel je venais d'assister m'en a coupé complètement l'envie.

Bon Dieu de bon Dieu!...

Cette bonne femme!...

Il me semblait que c'était moi qui l'eusse précipitée dans le vide.

***

Je suis arrivé à la station *Halles* sans m'en apercevoir et je suis descendu.

Ça commençait à grouiller d'une humanité disparate, dans le coin, et entre les pyramides de choux, de salades, de carottes et de cageots odorants, les fileurs de comètes ne manquaient pas. Ils déambulaient, la savate paresseuse, le dos voûté et les musettes avides, barbotant une feuille ici, un fruit pourri là, engueulés, houspillés et bousculés par de grands gars taillés en hercules qui manœuvraient des diables.

Les Halles, c'est un endroit où le diable s'arrache. Ceux qui travaillent le tirent par les bras, les autres par la queue. On ne peut pas dire qu'il soit à la noce. Et le bon Dieu est servi.

Des flics allaient et venaient, débonnaires, surtout attentifs à ne pas poser leurs godasses sur des détritus, ce qui leur aurait fait perdre l'équilibre et ramasser un gadin incompatible avec leur dignité. Ils frôlaient des clodos et des tapineuses et des individus à la condition moins définie encore. Ils ne s'en occupaient pas. Ils faisaient comme s'ils étaient seuls au milieu d'un vaste potager, même pas réduits au rôle d'épouvantail. Toute la nuit, sauf ordres précis des manitous de la police, concrétisés par des rafles ou autres mesures et amusements à grand spectacle, le périmètre des Halles constituait un terrain neutre où il fallait vraiment mal marquer pour se faire interpeller.

***

Un sentiment instinctif m'a fait tourner la tête et je l'ai aperçue depuis l'autre côté de la rue. Appuyée contre un mur lépreux, elle s'érigeait, immobile comme une statue.

Elle portait des bottes de cuir noires à hauts talons et des gants également de cuir qui luisaient dans la pénombre, captant le plus ténu rai de lumière, comme s'ils ruisselaient d'eau. Une jupe sombre, retenue par une ceinture à grosse boucle de métal, lui arrivait aux genoux, laissant apparaître, entre l'ourlet et le haut des bottes, la soie d'un bas noir. Un chandail clair moulait son buste. Orgueilleusement, ses seins de putain pointaient, lançant un double défi de leurs deux bouts acérés. Sa physionomie vulgaire, aux yeux profondément enfoncés dans les orbites, à la bouche béante comme celle d'une noyée, exprimait une sorte de mépris hébété.

Je l'ai aperçue depuis l'autre côté de la rue et elle m'a rappelé qu'il existait des femmes et qu'elle était mieux qu'un échantillon de ce sexe, qu'elle représentait pour moi, à ce moment, la Femme elle-même, et en même temps quelque chose d'autre, de dangereux et de sacré, une goule dispensatrice de plaisir.

Je l'ai aperçue depuis l'autre côté de la rue et, dès que je l'ai eu aperçue, j'ai eu envie d'elle à en crier. Elle s'offrait à l'étal, à moi sur un signe. Il n'était que de s'entendre sur le prix...

Ce rappel pécuniaire m'a fait retomber sur terre. Je n'avais pas d'argent. Ou si peu. Mon désir de bénéficier des caresses tarifées de cette femme s'en est accru, nuancé d'un peu de haine.

Je me suis éloigné lentement, tordant le cou pour ne la point perdre de vue.

Elle restait spectralement immobile, phosphorescente de la tête aux pieds, comme une viande en décomposition.

***

J'ai cherché un coin discret pour m'isoler. Je n'ai rien trouvé qui me convienne. Alors, je suis entré dans un bistrot.

Il puait le rhum fantaisie, vraiment de fantaisie, comme si on en avait aspergé les murs. Avant de gagner les lavabos, j'ai commandé un café arrosé, pour faire comme tout le monde. On avait l'air de ne pas connaître autre chose, là-dedans. Café arrosé! Panacée-nectar du vagabond. Ce n'est pas cher, ça se laisse boire, ça réchauffe, ça tient au buffet et ça finit par saouler au bout d'un certain nombre.

Les lavabos étaient occupés et menaçaient de le rester longtemps. De l'autre côté de la porte close me parvenait un ronflement. Un gueux s'y était enfermé pour roupiller, estimant qu'il était aussi bien là qu'ailleurs et ç'a été tout un boulot pour m'approcher du comptoir où refroidissait ma consommation. Enfin, j'y suis parvenu, j'ai bu mon jus et en ai demandé un autre, payable comptant, selon l'habitude de la maison.

Mon voisin en a fait autant.

C'était un homme de vingt ans environ, à tournure d'ouvrier, pauvrement mais proprement vêtu d'un veston gris de confection et d'un bleu d'usine.

« Dites donc, patron, a-t-il fait, en réglant sa dépense, vous ne savez pas quel est le meilleur coin, pour trouver de l'embauche?

– Ben, vous savez, a répondu le bistrot, gros lard poussif et rouge comme une brique, du boulot, c'est peut-être pas ce qui manque, mais faut connaître... »

Il parlait d'un ton ennuyé, sans regarder particulièrement son interlocuteur, attentif à surveiller la longueur du comptoir, des fois qu'un client oublie de payer ou fauche un verre.

« Justement, a fait l'autre. Je ne connais pas. C'est la première fois que je viens et...

– Quand je dis faut connaître, c'est du boulot que je parle, a rectifié le patron, et pas de l'endroit où on le distribue.

– Oh! je ferais n'importe quoi.

– Bien sûr. Mais porteur aux Halles, c'est un métier.

– Évidemment... »

En désespoir de cause, il a séché son café arrosé.

« Vous reprenez quelque chose?

– C'est pas de refus. »

Le patron a tiré un jus du perco, l'a agrémenté d'une giclée de rhum fantoche et, avant de replacer la bouteille sous le comptoir, a annoncé :

« Ça fait dix sous. »

Un sou c'est un sou, et il ne tenait pas à faire causette sans que ça lui rapporte quelque chose. L'autre, qui se croyait invité, a eu une grimace de surprise, mais il a payé sans rien dire. Le patron a rangé sa bouteille et est allé voir à l'extrémité du comptoir si les affaires marchaient.

« Eh bien! a grommelé l'ouvrier, il s'y entend, le frère, pour faire payer même l'absence de renseignements.

– C'est comme ça, ai-je dit, qu'il ne finira pas comme nous... Tu cherches du boulot?

– Tu connais quelque chose? »

J'ai secoué la tête.

« Ce taulier est un pignouf, mais il a raison. Porteur aux Halles, c'est un métier.

– Mais, bon Dieu! pour trimballer des colis...

– Et tu crois que les commerçants et les maraîchers t'ont attendu? Vous êtes tous les mêmes! Je ne te blâme pas. J'ai été comme toi. Moi aussi, j'ai longuement cru qu'aux Halles on pouvait gagner sa graine. Je voudrais bien connaître l'andouille qui a lancé cette sornette dans le circuit...

– Pourtant...

– Il n'y a pas de pourtant. La légende du démerdage aux Halles a la vie dure. Plus dure que celle des jobards qui y croient et qui crèveront de cette illusion..

– Alors?

– Que dalle. Il faut n'avoir jamais été clochard pour s'imaginer qu'on trouve du travail aux Halles. Si j'en avais trouvé chaque fois que j'en ai cherché, je serais millionnaire. Tous les grossioms d'ici ont leurs équipes, composées de gars qui font ça comme d'autres sont tourneurs, maçons ou menuisiers. Ils me font marrer, les braves et honnêtes gens qui, la bouche en cul de poule, te bonissent : “ Mais du travail, il y en a pour tout le monde, et aux Halles en particulier, si vous n'êtes pas fainéant. ” Qu'est-ce qu'ils connaissent des Halles, ces mecs-là, dis, tu veux me le dire? »

Ses objections variaient de forme, mais restaient identiques quant au fond. Il avait dit : « Pourtant... », il dit :

« Tout de même... »

J'ai poursuivi :

« Ils ont entendu dire que ça travaillait sans arrêt toute la nuit, une vraie fourmilière, des allées et venues incessantes, des morceaux de bidoche, des cageots, des sacs transbahutés de droite et de gauche... Ils l'ont entendu dire ou peut-être même l'ont-ils vu, au hasard d'une bringue. S'ils n'avaient pas été noirs comme des bourriques, ils auraient sans doute remarqué les travailleurs en question, aussi. Des costauds, avec des muscles aussi gros que ma tête, des poignets de l'épaisseur de mes cuisses, des balèzes qui te hissent cent kilos de barbaque sur leurs épaules comme s'il s'agissait d'une boîte d'allumettes. Et tu voudrais que ceux qui ont des types pareils à leur disposition, et des types honnêtes, enfin supposés tels, puisqu'ils travaillent régulièrement, alors que le clochard est sujet à caution, à cause de sa sacrée mistoufle, tu voudrais que ceux-là embauchent des clochards qui ne tiennent pas sur leurs guibolles et qu'une charge de vingt kilos aplatirait sur le trottoir?

– Je ne suis pas un clochard, a-t-il protesté.

– Pour eux, c'est pareil. Du moment que t'es pas de la partie et que tu cherches du boulot, c'est que t'es sans un. Et si t'es sans un, t'es censé pas bouffer, et si t'es censé pas bouffer, t'es bon à lap... Ils voient pas plus loin. »

Il a poussé un juron.

« Alors, il faut crever?

– A plus ou moins brève échéance, oui... Écoute, t'es mon aîné, mais j'en sais davantage que toi sur ce chapitre... Lorsque la mistoufle te tient, elle te lâche pas comme ça... Faudrait un miracle pour en sortir... Le malheur, c'est qu'il y en a pas un parmi nous qui y croit, aux miracles... Nous formons peut-être la Cour des Miracles, mais ça s'arrête là... Bon Dieu! la misère c'est indécrottable... C'est pas pour rien qu'on l'appelle la merde... Tu peux te laver, il t'en reste toujours une vague odeur ou des particules dans les ongles ou les plis de la peau... Pire qu'un vidangeur. Vacherie de sort! Tu crois te sauver et tu t'accroches toujours à des points d'appui qui foirent et tu retombes plus empanissé qu'avant... Comment veux-tu que le clochard se relève? T'en as – ceux par exemple qui t'ont dit qu'on trouvait du boulot aux Halles – qui te bonniront : « Mais si vous trouviez un petit emploi et que vous mettiez ne serait-ce que deux francs de côté par jour... » Où ça? A la Caisse d'Épargne? Du bidon! Il faudrait que tous les clochards mettent chacun deux francs de côté par jour. Sans ça, t'en trouveras toujours un autre pour te faucher tes quarante ronds. Parce que c'est pas parce que t'auras fait quelques heures dans ton petit emploi que tu pourras loger à l'hôtel et fuir les coins où grouillent les clochards. C'est comme ça, et alors... Tiens, pas loin d'ici, t'as des marchands de sommeil qui font fortune en louant à des cloches des carrées dégueulasses où on s'entasse jusqu'à six ou sept. Eh bien! quand tu dors, t'as ton copain qui te fauche tout ce que t'as sur toi de moins moche que lui. Tes pompes, tes chaussettes, ta veste, si t'as eu le malheur de les enlever pour te reposer mieux. A plus forte raison ton fric. Quand tu vas roupiller là-dedans, faut pas posséder plus des vingt ronds que coûte la nuit et encore il est recommandé de dormir que d'un œil... Je te dis, quand t'es emmistouflé, t'as droit à rien. Pas plus au relèvement, qu'ils appellent, qu'au sommeil ou au soleil. Tiens, le soleil, il luit pour tout le monde, n'est-ce pas, enfin on le dit. C'est pas vrai. Quand t'as couché dehors, le ventre vide, ou que t'as rôdaillé de droite et de gauche, le soleil luit pas du même éclat que pour les autres, ceux qui, repus, ont bien dormi. Il s'intercale entre lui et toi comme un voile. Rien n'est pour nous. Même pas le soleil... Tu connais cette chanson : *Le Cadet?* Je crois que c'est une chanson de marche. Je l'ai entendue à Montmartre, un soir que sur le boulevard de Clichy je piquais les mégots. La porte du cabaret était entrouverte et le chanteur avait une sacrée gueule. Je suis revenu plusieurs soirs de suite, à la même heure, pour l'apprendre, parce que c'est une chanson qui me plaît. Écoute ça... »

Je la lui ai fredonnée en sourdine. Plus haut, le patron aurait peut-être cru qu'on voulait faire la quête, après le gazouillis.

La malechance est une impasse,
On n'en sort guère,
On n'en sort pas.
Cadet! Cadet!
Marque le pas...

« ... Oui, marquer le pas. Pas autre chose à faire. »
Il a émis une sorte de ricanement qui sonnait faux.

« Eh bien! mon pote, on peut pas dire que tu sois encourageant. Tu vas me flanquer le cafard pour huit jours.

– C'est une prime, ai-je ricané. Et s'il ne dure que huit jours... »

Il est resté un moment silencieux, paraissant réfléchir, puis :

« Reprenons un jus, a-t-il dit.

– Je t'avertis... pas un rond...

– C'est moi qui paie. »

Il a commandé les deux cafés.

« Tu n'es pas si raide que ça, alors? ai-je observé.

– Je vais t'expliquer. »

Il a agité sa cuillère d'étain, toute tordue, dans le brun liquide fumant.

– « J'ai un métier et aussi du boulot. Je cherchais à faire quelques extras parce que ma femme a été malade et que j'ai des termes en retard et que tout ce que je gagne passe à nourrir ma femme et mon gosse. Mais je crois qu'il faudra que je me débrouille autrement...

– Je le crois aussi.

– Je pourrais bien faire des heures supplémentaires à la boîte où je gratte, mais c'est une question de principes, je ne sais pas si tu comprends...

– Mais si, je comprends.

– Je n'avais jamais vu les clodos d'aussi près que ce soir, a-t-il murmuré, comme pour lui seul.

– On en apprend tous les jours.

– Tu l'as dit. Je me doutais bien que ça devait manquer de folichonnerie, mais j'ignorais tous ces obstacles... que c'était si dur de remonter le courant...

– Faut vivre avec les pouilleux, en être, pour comprendre.

– Bon Dieu! on doit bien pouvoir se relever, si on vous aide... et si on a la volonté suffisante... Je parle des jeunes comme toi... »

J'ai haussé les épaules.

« Oh! jeunes ou vieux... Il se peut qu'on n'ait pas la volonté. On a été trop souvent refait par le sort. Parce que l'aide dont tu parles, polop! Alors, on se laisse aller.

– Je crois bien que c'est ton cas.

– Peut-être », ai-je accordé.

Il s'est mis à rire.

« Je venais pour chercher du boulot, je n'en ai pas trouvé et je sens que c'est moi qui vais t'en offrir... »

Il a marqué une courte hésitation :

« ... Si tu veux.

– Je veux bien.

– Ça n'a pas l'air de t'emballer.

– Je suis prudent. J'ai été échaudé. Je te dis, je suis plus jeune que toi, mais je me fais parfois l'impression d'avoir cinquante piges... »

Il se fit méfiant :

« Est-ce que t'as seulement essayé de travailler?

– Plusieurs fois. Et, toujours, au dernier moment, pour une raison ou pour une autre, ça ne gazait pas. C'est une loi.

– Cette fois, ça gazera. «

J'ai haussé les épaules.

« Été échaudé, je te dis. Chercher du boulot? Je veux bien. En trouver est une autre paire de manches. »

Un sourire d'ironie méprisante a fleuri sur ses lèvres.

« Parce que toi et les autres le cherchez avec un flingue à deux coups. Ici, par exemple, où vous savez n'être bons à rien...

– Ici et ailleurs. Tiens, écoute, une fois, je suis allé me présenter en banlieue, dans une usine où on demandait des manœuvres. La faim et la fatigue m'ont fait partir dans les pommes, juste comme le contrecoup venait examiner les candidats. Tu parles d'une référence! Je me souviens qu'il m'a heurté du pied en disant : " Qu'est-ce que vous voulez que je fasse de ça?... "

– Mais, aujourd'hui, tu n'as pas l'air tellement en mauvais point?

– Je sors d'un endroit où, sans faire des repas à tout casser, on bouffait tout de même presque à sa faim. Petite-Roquette. Je m'y suis retapé.

– Là où je travaille, ils ont besoin de manœuvres et ils ne te demanderont pas ton casier.

– Mon casier est vierge. Non-lieu.

– Ils ne te le demanderont pas. Tu as des certificats?

– Deux. Un de chez Citron, où je n'ai jamais mis les pieds, et un autre sur papier à en-tête d'une entreprise qui n'existe plus depuis longtemps.

– Ça marchera. Ils ne vérifient jamais. Surtout pour le prix qu'ils paient.

– Salaires bas?

– Pas très élevés. Mais ce sera quand même mieux que rien. »

J'ai approuvé.

« C'est quoi, comme boîte?

– Une fonderie, rue du Moulinet.

– En banlieue?

– Non, dans le XIIIe.

– Près d'Italie?

– Oui.

– Évidemment! »

J'ai réfléchi qu'il y a certains quartiers, comme ça, qui non seulement exercent une attraction sur le traîne-savate, mais encore collent après lui comme sa misère, des lieux dont il ne pourra jamais se dépêtrer, vers quoi toujours quelque chose, de bon ou de mauvais, l'entraînera. La place d'Italie, la Mouffe, la Maub et les Halles comptent parmi ces endroits.

« Quel sera mon boulot?

– Tu coltineras des pièces.

– Grosses?

– Des grosses et des petites.

– Bon. D'accord. A quelle heure faut-il y être?

– A sept heures. Établissements Debêche. On m'appelle Milo, des fois que tu veuilles demander après moi.

– J'y serai.

– Reprenons un jus, a proposé Milo, histoire d'arroser ça. »

Il a passé la commande, sorti un peu d'argent de sa poche pour payer. J'ai fait glisser mon pied droit jusqu'au comptoir et l'ai maintenu contre, solidement. On a encore tenu le crachoir à tour de rôle quelques minutes, puis :

« Je vais aller me pager, puisqu'il n'y a rien à dégauchir dans le coin. J'abandonne ces idées de l'autre monde. Tu sors?

– Je reste encore un peu », ai-je dit.

Il a esquissé un sourire qui en disait long.

« Eh bien, au revoir... et sans rancune si on ne se revoit pas.

– On se reverra. Ce n'est pas le clodo qui fuit le boulot, c'est le contraire.

– Possible. »

Il n'en croyait rien. Sa religion était plus qu'éclairée, il n'aurait pas fallu le pousser beaucoup pour qu'il le reconnaisse. Fainéant et compagnie, voilà ce qu'il pensait. On s'est quand même serré la main et il est parti.

J'ai achevé de boire mon jus sans me presser, des fois qu'il soit revenu brusquement. Quand j'ai compris qu'un retour n'était plus à craindre, j'ai décollé ma semelle du sol jonché de mégots et de crachats dans la sciure humide et sale. J'appuyais tellement que des fourmis commençaient à me picoter la jambe. Le billet tombé de la poche de Milo, au moment de payer les cafés, et sur lequel j'avais prestement posé le pied, valait vingt balles.

Aussitôt cet argent entre les doigts, le souvenir de la prostituée aux bottes m'est revenu et avec lui un désir encore plus ardent de son corps caparaçonné.

Je me suis dirigé en vitesse vers l'endroit où elle m'était apparue. Fidèle au poste et peu exigeante sur la clientèle, on a fait affaire tout de suite, surtout lorsqu'elle m'a vu disposé à lui lâcher vingt francs.

« Tout mon pécule, ai-je dit. Je sors de cabane. »

Et comme elle avait tiqué sur mes frusques :

« Tu n'as pas à redouter les petites bestioles. C'est passé à l'étuve et ça pue encore le désinfectant... »

J'ai répété :

« Je sors de cabane. »

Elle a ricané.

« Oh! oh! monsieur est un vrai de vrai? »

J'ai exhibé mon bulletin de sortie, mi par forfanterie, mi par besoin de protection.

« Tout mon pécule. Après, je n'aurai plus un rond, mais je m'en fous. Je sens que j'ai besoin...

– Mais oui, mon chéri. Viens. »

Nous nous sommes engouffrés dans un hôtel puant le chou pourri et la graisse rance. Elle a empoché sans vergogne les vingt francs que j'ai tendus. Ensuite, elle a ôté sa jupe et j'ai remarqué que ses bas noirs lui arrivaient très haut sur les cuisses.

Sous la lumière équivoque de l'anémique ampoule électrique fixée au plafond de cet antre à accouplements brefs, elle ressemblait à une bourrelle.

Elle s'est allongée sur le lit recouvert d'une toile cirée craquelée et quand ma tête s'est trouvée au niveau de la sienne, elle m'a caressé les cheveux en disant :

« Quand je pense que je pourrais être ta mère. »

***

Elle est repartie monter sa garde inquiétante et j'ai demandé au garçon de l'hôtel, un maigrichon avec de la cire dans les cils et des boutons pas ragoûtants sur le pourtour des paupières, s'il n'avait rien à louer pour la nuit.

Il m'a conduit dans un galetas, m'a réclamé une thune et, après avoir, sur ma demande, consenti à me réveiller à six heures, m'a laissé roupiller.

IV

ESPOIR

Un qui en a bavé, le lendemain matin, à sept heures, c'est le nommé Milo, lorsqu'il m'a surpris à poireauter devant la fonderie Debêche, rue du Moulinet, dans l'attente de l'ouverture des portes. Je n'ai pas eu besoin d'un dessin pour comprendre qu'il ne s'attendait pas du tout à me voir.

« Eh ben! vrai », a-t-il balbutié.

J'ai ricané.

« C'est comme ça. Maintenant, il faut prévoir un tremblement de terre avant que j'arrive au bureau d'embauche.

– C'est par là, m'a-t-il indiqué. »

Dix minutes plus tard, sans difficulté aucune, je m'intégrais dans le personnel et commençais à m'arracher la peau des paumes et des avant-bras contre des morceaux diversement lourds de fonte graniteuse.

***

A midi, on nous a rendu notre liberté pour une heure.

« Alors, m'a demandé Milo, en me rejoignant dans la rue, ça gaze?

– Ça ira.
– Où bouffes-tu?
– Avec les chevaux de bois.
– Ah! c'est vrai. Fauché. »
Il n'a pas hésité.
« Suis-moi au petit restau où je mange. Je te demande seulement de ne pas commander tout ce qu'il y a de marqué sur la carte. Tu me le devras. »
Je lui devais déjà vingt francs – plus, même, en tenant compte de la satisfaction que j'en avais tiré – mais ça, c'était mon secret. Je n'allais pas lui avouer mon indélicatesse.
« Et je te rendrai ça quand? »
En même temps que ça me gênait d'accepter son invitation – à cause des vingt francs en question – je brûlais d'envie de me laisser doucement violenter. Je ne tenais pas à entamer mon peu de fric : je sentais que j'en aurais besoin.
« Quand tu seras payé.
– C'est-à-dire?
– Ah! c'est vrai. La paye est dans huit jours.
– Je demanderai un acompte demain.
– Ça la foutra mal.
– Les clochards la foutent toujours mal. C'est pourquoi ils ne restent pas dans les boîtes.
– Bon Dieu! » a-t-il marmonné.
Il commençait à comprendre combien c'était dur de se relever.
« Viens bouffer «, a-t-il brusqué.
Nous sommes allés dans un restaurant ouvrier, spécialisé dans le bœuf gros sel bon marché, où déjà pas mal de copains d'atelier étaient installés. Je me suis contenté

d'un plat de viande arrosé d'un demi-setier de rouge. Je ne voulais pas charrier.

En retournant au boulot, Milo m'a demandé si j'avais un domicile. Je lui ai dit que, la veille, j'avais couché dans un hôtel, mais que je ne pourrais peut-être pas me payer cette fantaisie tous les jours.

« Alors?

– Je remettrai ça à la belle étoile. Un pont, un square, une porte cochère ou un banc. Ce n'est pas sans danger. Je risque de retourner en taule. Et dans le meilleur des cas... je ne sais pas si tu as jamais couché par terre, tout habillé et en plein air... Tu te réveilles raide comme un bout de bois et recru de fatigue. Ni tout à fait endormi, ni tout à fait réveillé. C'est indéfinissable. Alors, tu n'as pas le cœur à l'ouvrage, tu comprends? Tu te fous de tout, tu laisses tomber, Ou, si tu réagis, c'est le patron qui remarque tes gestes mous et tes yeux de lapin russe. Et il te vide...

– Et l'Armée du Salut?

– Je connais leurs dortoirs. Ça me débecte.

– C'est ronfler en commun qui te débecte?

– C'est l'institution. Des gars qui gagnent leur part de Paradis avec ta misère. Et qui t'engueulent, par-dessus le marché, avec leurs heures d'entrée et de sortie que tu n'arrives jamais à respecter. Du moins, moi.

– Tu n'as rien contre les dortoirs?

– Mon rêve, ce serait une belle chambre en plein centre de Paris, donnant à la fois sur la mer et le parc Montsouris, ai-je amèrement rigolé. Mais un dortoir où personne ne se saluerait d'alléluias à n'en plus finir me conviendrait autant.

– Je te trouverai peut-être ça, a dit Milo. Attends-moi à la sortie, ce soir. »

***

La vaste salle de restaurant du Foyer végétalien, avec ses escabeaux de bois blanc entourant des tables recouvertes de toile cirée, respirait la propreté et un certain puritanisme. Aux murs, ripolinés, des affiches antialcooliques et antitabagiques prêchaient vraisemblablement un public de convaincus.

Nous avons atteint la cuisine où des jeunes gens chantonnaient en épluchant des légumes dans une atmosphère humide. Nous sommes montés au premier par un escalier de bois, sans que personne se soucie du motif de notre présence.

Nous sommes entrés dans une longue pièce mansardée, correspondant à la salle de restaurant. Une grande baie vitrée, donnant sur la rue de Tolbiac, l'éclairait. A droite et à gauche, des lits de fer s'alignaient. Dans un coin, trois types discutaient. Milo a tendu le cou et jeté un regard circulaire.

« Tellier n'est pas là? a-t-il demandé, sans s'adresser particulièrement à quiconque.

– Doit dormir », a dit un des discuteurs qui avait levé la tête à notre arrivée.

Et il nous a indiqué un lit, près de la fenêtre. On s'est approchés. La conscience apparemment tranquille, le dormeur ronflait doucement, allongé tout vêtu sur le lit, les souliers délacés. Au rythme de sa respiration paisible, un numéro de *L'Insurgé*, abandonné quand le sommeil avait surpris l'homme et gisant tout déployé sur sa poitrine, se soulevait. La main droite, enveloppée d'un volumineux pansement récent, strictement ajusté, reposait sur un vieux *Petit Journal illustré*.

Une affiche, placardée à la tête du lit, conviait à une conférence publique et contradictoire sur le thème : *Qui est le coupable? La société ou le bandit?* Une caisse à savon, formant table de nuit et supportant un pot à colle d'où émergeait le long manche d'un pinceau, débordait de livres et de brochures.

« Tellier est un anar, m'avait informé Milo. Il a travaillé une semaine à la boîte, voici peu, et nous étions devenus copains. Je ne comprends pas toutes ses idées, mais c'est un chic type.

– Hé! Tellier!

Il a posé sa main sur l'épaule du dormeur. L'autre s'est secoué, a ouvert un œil bleu et s'est mis sur son séant. C'était un petit blond d'une trentaine d'années, au visage anguleux, rasé de frais, très propre. Il s'est exclamé :

« Tiens, Milo! »

Il a tendu sa main droite, celle au pansement, et comme Milo la prenait avec précaution :

« Tu peux y aller, va, a-t-il rigolé. Ça fait du volume, mais c'est à peu près tout. C'est pour la frime.

– Macadam?

– Comme toujours. »

Il a bâillé.

« ... Et toi? Qu'est-ce qui t'amène?

– Je viens voir s'il y a un page de libre dans la chambrée.

– Je te croyais marié et père de famille.

– C'est pour ce copain qui bosse chez Debêche. »

Il m'a désigné. Tellier m'a regardé d'un air indifférent. Il a bâillé qu'il devait y avoir des lits de libres, deux locataires s'étant récemment débinés en plantant un drapeau.

« Combien? s'est enquis Milo.
– Quinze francs la semaine.
– Ça ira, ai-je dit.
– Où faut-il s'adresser?
– En bas. Au gérant... »
Il a consulté le réveil, pendu à un clou à côté de l'affiche.
« ... Il vient vers sept heures.
– On va l'attendre », a décrété Milo.
On s'est mis à bavarder à bâtons rompus. Tellier a tiré un paquet de cigarettes d'une poche de sa veste. Il nous l'a tendu. Nous en avons pris chacun une.
« Je croyais qu'on ne fumait pas, ici », a observé Milo.
Tellier a pointé son index vers le sol.
« En bas, au restau... Pas ici... Remarque que ceux qui tiennent cet établissement se proclament non-violents et anti-autoritaires... Si tu fumais, ils ne protesteraient pas, mais, par correction, les copains qui fument s'abstiennent... Ici, on peut fumer. »
Il a craqué une allumette et nous avons allumé à trois.
« Faudrait peut-être que je me secoue, a-t-il dit, au bout d'un moment de conversation.
– Qu'est-ce que tu goupilles, à fainéanter au lit, si tard?
– Passé la nuit à coller des affiches. Sans timbres, c'est tuant. Faut faire gaffe aux flics. Je n'ai pas voulu me coucher quand je suis rentré et tu vois...
– A part ça, ça va?
– Ça se maintient. »
Il a lacé ses souliers et s'est mis debout.

Nous sommes descendus juste comme le gérant venait faire son petit tour d'inspection. Il m'a inscrit sur ses registres et Milo a tenu à payer de sa poche les quinze francs de la semaine d'avance.

Je n'ai pas dit non. Plus j'allais, plus je me persuadais que le peu de fric que je possédais me serait utile plus tôt que je ne supposais.

Cela démarrait trop bien. Du travail, un domicile, des types sympathiques et serviables... Ça ne durerait pas.

V

MACADAM

Au bout de trois jours de présence chez Debêche, il m'a fallu me décider à demander un acompte. Ni le contrecoup ni le caissier n'ont paru trouver mon besoin d'argent à leur goût. Ça dénotait sans doute un fâcheux état d'esprit de réclamer ce qui, après tout, m'était dû. Enfin, j'ai palpé quelques billets et le soir même je me suis acheté un bleu de travail... promu au rang de costume des dimanches, le complet que j'exposais depuis un an aux rigueurs de l'inconfort des repos à la dure, sans compter le traitement subi à la Petite-Roquette, n'étant plus bon à grand-chose, d'autant que le travail à la fonderie lui avait donné le coup de grâce.

Le lendemain, j'ai rendu ce que je devais à Milo, je veux dire le montant des quelques repas avancé par lui. Cela s'est passé au restaurant ouvrier où mon menu ne variait guère : bœuf gros sel, quart de rouge, frometon et café. Milo a hésité un peu avant d'accepter l'argent, et puis s'est décidé, pensant qu'après tout il en avait autant besoin qu'un autre et qu'il ne concurrençait pas saint Vincent de Paul. Mais il m'a regardé bizarrement et je me suis demandé s'il ne se doutait pas que ce soit moi qui ai ramassé les vingt francs tombés de sa poche, là-bas, aux Halles.

Silencieux, nous avons entamé nos portions.

Tout le restau vibrait d'animation joyeuse que ne parvenait pas à atténuer l'odeur du graillon s'échappant du guichet de la cuisine.

Un vieux type haillonneux est entré, porteur d'un accordéon en bandoulière. Il a échangé quelques mots avec le patron, trônant derrière son zinc, puis s'est installé dans un coin, a déballé son instrument et en a tiré des sons criards qui ont dû s'entendre du fin fond des Gobelins et laisser croire qu'on assassinait tout une école maternelle. Sur ce prélude, il s'est mis à chanter :

Quand je me rappeuleu
Les heures si beuleu...

« Ça va mal, à la boîte, a dit Milo, tout en mastiquant.

– Dans quel sens?

– Pour toi... J'ai surpris un courant d'air. »

... Que j'ai passé au-trefois...

J'ai porté mon verre à mes lèvres.

« Mauvais?

– Je crois qu'ils vont te vider... »

... Et les beaux dimancheu
Où en robeu blancheu...

Des rires ont fusé. On le voyait mal en robe blanche, le vieux mal rasé. Il s'est marré aussi, en continuant à martyriser son accordéon. Il devait avoir l'habitude des réactions populaires.

« ... Ils trouvent sans doute que tu n'es pas assez costaud pour trimbaler les grosses pièces.

– Hier, j'ai séché sur une. Elle pesait vraiment son poids », ai-je dit, contemplant mon assiette.

... J'allais courir dans les bois.
Quand je pens' qu'au lieu d'être eun'fiilleu...
J'pourrais avoir eun'fâmiilleu
Un mari
Et des p'tits...

L'hilarité générale a redoublé.

« Tu gagneras le million, eh! gâcheuse », a crié quelqu'un, par-dessus les rires.

« On me vide, hein? Ça devait arriver. Ils ont fait la gueule, à propos de l'acompte... En général, on n'aime pas ça.

– Ça la fout mal.

– Tout la fout mal. »

... J'ai l'cafard
J'ai l'cafard.
Je le sens qui me perce,
Comme avec un poignard...

« ... Pourtant, je n'en ai pas fait un mauvais emploi, de ce fric bien gagné. Je ne suis pas allé me saouler la gueule avec. J'ai acheté des frusques. »

Milo a eu un mouvement las et accablé des épaules. Il a trituré un morceau de mie de pain jusqu'à le rendre sphérique.

« C'est après-demain la paye. Ils en profiteront pour te donner ton compte. »

... la cervelleu
D'part en part.
Je m'débats
Dans l'brouillard...

« Tu vois, ce que je te disais?
– Quoi donc?
– Qu'il n'y avait pas moyen d'en sortir. »

... J'ai beau faire et beau dire
Je suis priseu et bien priseu
A l'empriseu
Du traqu'nard
J'ai l'cafard.

L'accordéon a exhalé un ultime gémissement.

« A votre bon cœur, les potes », a grasseyé le vieux, passant entre les tables sa casquette crasseuse.

« Je commence à le croire, a dit Milo. Maintenant, ce courant d'air n'est peut-être qu'un courant d'air.

– En tout cas, il est trop vraisemblable pour que je ne me méfie pas.

– Pourtant, tu fais correctement ton boulot?

– Du mieux que je peux. Mais peut-être que je peux peu. Un vagabond...

– Il faut espérer que tu retrouveras du boulot presque tout de suite.

– Oh! oui, ai-je ricané. Je vais avoir le cœur à en chercher... Ça fait peur. »

Le mangave a remis ça, en guise de remerciements, avec sa musique :

... alcool, morphine ou coco.
Mmmmm... plaisir qui m'useu
Et quand on croit queu j'm'amu-seu
J'ai des pleurs
Plein mon cœur
J'ai l'cafard...

« Tu as fait montre de bonne volonté...
– Ça ne doit pas suffire.
– Bon Dieu! Ce n'est pas juste.
– Inutile de se casser le bonnet. C'est comme ça. »
J'ai entrepris de découper des étoiles dans un morceau de gras.

... comme avec un poignard
La cervelleu
D'part en part...

« Fais comme Tellier, a brusquement dit Milo. Pique un macadam. Je viendrai faire un tour dans ton atelier, cet après-midi. Profites-en. Je te servirai de témoin. »
J'ai consulté la pendule. Je me suis levé, abandonnant mon restant d'aliments.
« C'est une idée. Tellier a encore collé des affiches cette nuit. Il se couchait comme je me levais, ce matin. S'il est encore là, il m'indiquera la marche à suivre. »

... à l'empriseu
Du traqu'nard...

« Il y tâte, a opiné Milo. Il vit de ça... Je paierai ta

note... Mais grouille-toi pour ne pas être à la bourre... Ce n'est pas le moment d'attirer l'attention. »

... *J'ai l'cafard.*

Je me suis dirigé en vitesse vers le Foyer végétalien. Tellier n'occupait plus son lit. Il était au restaurant où il mangeait parfois pour rester avec des camarades. Je lui ai exposé ce qui m'arrivait et mes intentions. Il m'a colloqué un morceau de papier de verre en m'expliquant comment l'utiliser. Ensuite, il a extrait de son portefeuille une carte rougeâtre.

« Tu diras que tu viens de ma part... »

La carte portait :

Accidents du travail
Clinique de la Butte-aux-Cailles
Docteur DONAIRE

Visites, contre-visites, examens, soins, etc.

Ouvert de 8 h à 19 h, sauf le dimanche

« ... N'oublie pas. J'ai ma commission à toucher. A toi, il te donnera trente balles tout de suite. »

Lorsque la cloche a sonné la reprise du travail chez Debêche, cet après-midi-là, j'ai été le premier à pénétrer dans l'atelier.

***

Le hasard m'a bien servi.

Sur le coup de trois heures, il a fallu trimbaler des

pièces de fonte d'un hangar à l'atelier où travaillait Milo. Aidé de deux autres manœuvres, j'ai fait deux ou trois voyages, puis je suis allé m'isoler dans les chiottes.

Je me suis vigoureusement frotté au papier de verre le genou et le mollet droits, ainsi que l'avant-bras, jusqu'à ce que le sang pisse. Avec un clou, j'ai pratiqué une légère entaille dans la jambe de mon pantalon. J'ai procédé de même sur la manche de la chemise. Je ne les retroussais jamais, parce que je n'osais pas exhiber les allumettes qui me tenaient lieu de bras. Pour l'instant, cette pudeur me favorisait. Personne ne remarquerait avant l'heure H la plaie que je venais de me faire.

Je suis retourné au boulot et j'ai empoigné une pièce assez lourde, que j'ai apportée en zigzaguant dans l'atelier de Milo. Il ne cessait de me regarder, suivant tous mes gestes, attendant le moment d'intervenir. Un de ses copains s'est moqué de ma démarche en canard. J'ai déposé la pièce et suis reparti, m'épongeant. Mon bras, mon genou et mon mollet me tiraillaient dur.

Cette fois, je me suis chargé du plus gros morceau, évité soigneusement par mes coéquipiers, et je me suis demandé si je parviendrais jamais jusqu'à Milo pour faire ce que je voulais faire. Ça me tirait sur les bras, me comprimait le ventre, me coupait les guibolles, m'arrachait la peau. Je ruisselais de sueur.

Je ne sais pas comment j'ai accompli le trajet. Enfin, mon regard a croisé celui de Milo. Il a compris et goguenardé :

« T'aurais dû prendre l'obélisque, pendant que tu y étais ! »

Les autres ont fait chorus. Fallait que je sois un véritable extrait de nave pour m'être laissé refiler le paquet. Le contrecoup, surveillant la manœuvre, leur a dit de se taire. Moi, j'ai joué les plus gourdes que nature. J'ai fait celui que des propos de ce genre distraient de sa besogne, énervent et affolent. Dans ces conditions, un faux mouvement... Chancelant, flac! j'ai abandonné le fardeau, l'accompagnant dans son bruyant valdingue, m'éparpillant et jurant à n'en plus finir.

J'avais bien choisi mon point de chute, à proximité d'une caisse qui a déchiré ma manche de chemise et entamé la plaie prête à saigner de nouveau. Le bloc de fonte, lui, a fait son boulot comme si c'était un copain de toujours. Il a fendu le falzar en deux et découvert mon genou et mon mollet à vif. A part une éraflure à la main, non comprise dans le programme, je n'accusais pas d'autres blessures que mes blessures volontaires.

Je me suis senti blanc comme un linge, la sueur me dégoulinait sur la face et le cou, j'étais trempé. Ils ont tous mis ces manifestations sur le compte de l'accident. En réalité, ma pâleur et ma transpiration n'avaient d'autre cause que l'anxiété qui me torturait de savoir si ça marcherait.

Ça a marché. Les gars se sont élancés, m'ont aidé à me remettre debout.

« Eh bien! a commencé Milo, tu t'es bien amoché! »

Je les ai tous regardés d'un œil vague. Je songeais que j'aurais pu m'écraser un pied ou une main et tout ça parce qu'on voulait me vider, m'empêcher de m'en sortir...

« Bon sang, a grogné le contrecoup, quand on ne tient pas la chopine on ne boit pas le litre.

– Je... je ne suis... pas saoul, ai-je bégayé.

– On porte ce qu'on est capable de porter, voilà ce que je veux dire. »

J'ai hoché la tête, voulant signifier :

« Je suis ici pour travailler.

– Allez, merde! tu ne peux pas rester comme ça. Va voir un toubib. »

On est allés au bureau remplir des papiers que Milo et un autre ouvrier, les témoins, ont signé. J'ai lavé un peu mes plaies et, quand je suis revenu des lavabos et du vestiaire, le contrecoup m'a remis une feuille, pour l'assurance. Je l'ai glissée dans ma poche où elle a fait bon ménage avec la carte rougeâtre, à la typographie miteuse, du Dr Donaire, et je me suis dirigé en clopinant vers l'officine de ce dernier.

VI

FREDO

C'était sur une placette, presque à l'angle d'une rue, devant deux arbres rachitiques et un banc veuf de dossier, et, en contrebas, une boutique blanche décorée à la hauteur convenable d'inscriptions du genre « pour celui qui le lira », et surmontée sur toute sa longueur d'un panneau incliné portant en lettres rouges : ACCIDENTS DU TRAVAIL, encadré de deux croix de Genève. Un enduit blanc, qui demandait à être renouvelé, ne permettait pas de voir, à travers les vitres, ce qui se passait à l'intérieur.

Je suis entré dans une salle encombrée de chaises et de meubles métalliques de l'espèce de ceux en usage dans les hôpitaux, mais en beaucoup moins net. L'endroit exhalait un remugle complexe d'humidité, de teinture d'iode, d'éther, de désinfectant et de tabac. Trois types attendaient, en fumant et bavardant, qu'une infirmière à tournure de femme de ménage en eût terminé avec le pansement qu'elle confectionnait à un quatrième, pour se faire renouveler le leur. L'infirmière portait un uniforme qui ne déparait en rien l'ensemble du décor. Il avait dû être propre environ la veille de la bataille de Verdun, mais depuis, dame! ce n'étaient pas les blessés de tous ordres qui avaient manqué, non plus que les coups de balai à donner pour repousser les moutons sous les meubles, et le vêtement s'en ressentait.

Comme j'entrais, la virago demandait au blessé qu'elle pansait si ça allait, et le type a répondu en rigolant qu'il ne sentait presque plus rien et, pour le prouver, a commencé à vouloir lui peloter les fesses.

« Tu t'exciteras plus tard », a conseillé la bonne femme, en garant son postère.

Elle est venue vers moi, le menton interrogateur. Je lui ai tendu la carte remise par Tellier, en expliquant ce qui m'amenait.

« Le toubib va te recevoir. »

Elle m'a rendu la carte, heurté et ouvert sans attendre de réponse la porte du cabinet de consultation.

Donaire était un gros sanguin, à l'étroit dans un complet marron, de la couleur de son industrie. Il prisait. Sa moustache recelait vingt bons grammes de poudre de tabac. Il avait de l'or dans la bouche et aux doigts. Ses ongles portaient le deuil de feu Savon lui-même. Assis à son bureau encombré de publications turfistes, il a, à mon entrée, plié et rangé le numéro de *Paris-Sport* sur lequel il pointait des canassons. De sa poche de veston dépassait *Auteuil-Longchamp.*

La table-bureau supportait un sous-main au buvard taché et parsemé de dessins tracés par une plume ennuyée. Il y avait encore un bouquin de médecine – c'était bien le moins – un autre de droit – très utile également – et un roman du genre folichon avec une bonne femme en culotte rose sur la couverture. A portée de la main de celui qui se serait assis sur le fauteuil râpé destiné aux clients, une coupe de métal débordait de cigarettes en vrac.

« Je viens de la part de Tellier », ai-je annoncé, en tendant la carte.

– Très bien. Reprends ça, a répondu le toubib, en me la restituant. Envoie-moi des copains si l'occasion se présente. Tu auras ta commission. »

Sa voix rocailleuse descendait parfois jusqu'à un désagréable chuchotis bourdonnant. Il s'est soulevé, a puisé dans la coupe une poignée de cigarettes qu'il a lancée vers moi et est retombé sur son siège.

« Sers-toi. »

J'ai allumé une cigarette.

« Prends ! Prends ! »

D'un geste large, il m'a désigné le tas. Je l'ai glissé dans ma poche. Sans se montrer empressé à m'examiner, il m'a demandé :

« Combien veux-tu de jours ?

– Euh... Je ne sais pas... Quinze peut-être...

– Bon... Tu es raisonnable... Il y en a qui se figurent je ne sais quoi... Fais voir ce que tu as. »

J'ai retroussé ma jambe de pantalon et ma manche. A nouveau, il s'est décollé de son fauteuil, a simplement jeté sur mes plaies, par-dessus le bureau, un coup d'œil rapide et s'est rassis.

« Oui, quinze, ça ira... Tu es tombé ? »

Je lui ai raconté l'accident.

« Tu ne sens rien dans les reins ?

– Non.

– On fera comme si tu ressentais quelque chose... Histoire de gagner une semaine de mieux... Je vais t'en mettre trois d'incapacité de travail... »

Il a fouillé dans ses paperasses pour m'établir le certificat. Au préalable, il s'est tapé une prise. A peine avait-il tracé quelques lignes qu'il a éternué, souillant son beau papier à en-tête, imprimé, à en juger par la typographie, par une maison spécialisée dans les faire-part. Il a recommencé sur une autre feuille.

« L'ordonnance, maintenant... Tu as besoin de quoi chez le pharmacien? »

Du diable si je le savais. Je suis resté coi. Haussant les épaules, il a entrepris de rédiger l'ordonnance sans mon concours.

« Coton hydrophile... un gros paquet... gaze à pansements, idem... Si tu ne sais pas quoi faire de tout ça, ramène-le ici... Je te le rachète moitié prix... Alcool à 90... Je te le reprendrai aussi, à moins que tu ne veuilles le boire... Il y en a qui le boivent... Et des boules de gomme... »

Je me suis marré.

« Des boules de gomme?... Pour mes plaies?... »

Il a fait la moue et étendu les bras.

« Pour tes plaies ou autre chose... On y fout n'importe quoi, sur les ordonnances... Faut profiter de ce qu'on est blessé pour s'acheter tout ce dont on a besoin. C'est l'assurance qui casque, alors... Des boules de gomme... c'est peut-être que j'aurais constaté en t'examinant que tu as quelque chose dans la gorge, tu comprends?... Quelque chose de trop anodin pour être signalé, mais qu'on soigne, en passant... Si tu avais besoin de capotes anglaises, je ne dis pas que je le mentionnerais, mais presque.

– Non, ai-je souri. Pas besoin de capotes anglaises.

– T'as raison. Ça sert à rien... Bon, alors tiens, voilà ton certif pour ta boîte... La compagnie d'assurances, c'est quoi?... Ah! l'*Astre*, rue de Budapest. Bon... Alors, dis donc, que je t'affranchisse... Dans le secteur, la maison Lhamy, rue de... »

Il a fait claquer ses doigts boudinés.

« ... Souviens jamais du nom... là, à côté, rue Nationale, et puis la scierie Bessettes, porte d'Ivry, sont assurés à la même compagnie. Alors, hein? je n'ai pas besoin de te le dire. Ne va pas repiquer un macadam chez eux.

– Bien, bien, docteur. Merci, ai-je fait.

– Maintenant, va trouver Margot, dis-lui de te faire un pansement et puis reviens dans quelques jours... euh... ch'sais pas, moi... tu as trois semaines... reviens dans dix jours... Tu connais les conditions? Tiens, voilà trente balles pour aujourd'hui. Comme tu es censé venir à la visite tous les jours, tu auras vingt ronds par jour. Eh! dis donc, n'oublie pas... Si des fois tu étais convoqué par l'assurance pour une contre-visite, avertis-moi. »

Quand il n'a plus senti entre ses doigts les trois crasseux billets de dix francs qu'il me tendait, il s'est remis, sans plus s'occuper de moi que si je n'existais pas, à ses spéculations turfistes.

***

Le surlendemain, jour de paye chez Debêche, je suis allé encaisser ce qui me restait dû. Ça se passait vers le milieu de l'après-midi et j'ai attendu la sortie pour payer un coup à Milo, à qui je devais bien ça.

Au bistrot, Milo m'a engagé à profiter de mes loisirs pour chercher du boulot. Chez Debêche, la loi leur faisait une obligation de me reprendre après ma guérison, mais il était plus que certain qu'au bout de deux jours ils me licencieraient. Alors, comme mes pansements ne se distinguaient pas sous mes vêtements, si je pouvais entretemps, cumuler quelques jours, ça serait toujours ça de pris.

Milo était un chic type et, pour ne pas le peiner, je lui ai dit que c'était sans doute ce que je ferais. En réalité, il faisait si bon baguenauder dans les rues...

Je ne fréquentais pourtant pas les beaux quartiers. Je ne bougeais pour ainsi dire pas de ce sacré XIIIe arrondissement, ainsi numéroté peut-être pour porter la poisse. J'allais et venais, tirant la guibolle, le long de la ligne de métro qui dresse par endroits son viaduc tout noir sur des piliers arrosés d'urine. Je le suivais de part et d'autre de la place d'Italie, jusqu'au fleuve d'un côté et la rue de la Santé de l'autre, cette ligne où même les noms des stations prennent une lugubre résonance génératrice de cafard : *Glacière... Corvisart...* En direction de la Nation, *Chevaleret* m'a toujours fait penser à un instrument de torture, un chevalet.

Parfois, je m'aventurais jusqu'au fond des Gobelins, mais par des rues étroites et obscures, comme honteux. Je redoutais les avenues où l'on rencontre des fillettes de mon âge, correctement vêtues, bien nourries et provocantes. Je sentais leurs regards moqueurs et cruels peser sur moi, depuis mes godasses à la Boileau jusqu'à mes cheveux mal taillés. Il me semblait les voir se pâmer aux bras de petits copains de leur condition, dans le recoin d'une porte cochère, entre la sortie de l'atelier ou du lycée et le retour chez leurs parents. Et moi, jamais... jamais! C'est pour cela que j'empruntais les ruelles tortueuses aux puissantes senteurs de graillon, à la population composée de bicots besogneux, de femmes flétries par les maternités successives, les durs travaux et la misère, et de marmailles en loques.

Le voyage aux Gobelins, c'était déjà par lui-même une grande expédition, mais presque toujours l'amorce d'une plus grande encore. Je m'engageais alors dans la populaire et populeuse Mouffe. Je n'allais jamais plus loin que la place Contrescarpe – encore un nom déchirant, et sournois comme une menace – et puis, toujours dans une atmosphère épaisse de ragoût bon marché, de gaz de cuisine et de poussière intime. Je retournais à la place d'Italie.

Des ombres inquiétantes rôdaient autour du square.

***

Je n'ai pas attendu dix jours pour retourner à la clinique. C'était la première fois que je me maquillais au papier de verre et je n'avais peut-être pas observé toutes les précautions nécessaires. Un matin, ça m'a lancé ferme dans le mollet. Ma plaie, nettoyée à la va-vite par l'infirmière à la noix de Donaire, s'infectait un peu.

« Aggravation, a dit le toubib, désinvolte. Bon. Ça va faire une semaine de mieux.

– Aggravation?

– Pour l'assurance. Pas pour toi. Ce n'est presque rien. Ça arrive. Margot va t'enrayer ça en moins de deux. »

Il m'a remis entre ses mains et je ne sais si c'était son métier ou non, à cette gravosse, de soigner les gens, mais j'ai eu la preuve que, quand elle voulait s'en donner la peine, elle y tâtait. Au bout de quelques jours de soins assidus, l'infection a disparu, à mon grand soulagement parce que je commençais à me monter le bourrichon avec des histoires de gangrène.

Seulement, à l'assurance, lorsqu'ils ont reçu la feuille et le certif de prolongation, ils ont été mauvais et je n'ai pas tardé à trouver dans mon courrier une convocation pour une contre-visite dans les locaux de la rue de Budapest, et j'ai eu les jetons qu'on découvre la fraude. Donaire s'est beaucoup amusé de mes inquiétudes, quand je lui ai communiqué le papier. Aussi sec, il a attrapé le téléphone et appelé son confrère de l'*Astre*. D'après la conversation, j'ai conclu qu'ils étaient copains comme cochons. Donaire a raccroché et m'a rendu la convocation.

« Tu peux te torcher avec. C'est liquidé. C'est comme s'il t'avait vu. Faut jamais s'en faire. »

A fréquenter la clinique, j'ai lié connaissance avec quelques familiers, au hasard des propos échangés, et notamment avec un jeune type de mon âge, maigre et dégingandé, une espèce de gouape au falzar à la mal-au-ventre, espadrilles et foulard noir autour du cou. D'abord, son accoutrement m'a fait marrer et puis, je ne sais pas comment ça s'est produit, on a sympathisé. Je peux dire que j'ai mieux et plus rapidement sympathisé avec lui qu'avec Milo ou Tellier. Le destin, peut-être. Lorsqu'on se rencontrait à la clinique, on s'attendait l'un l'autre et on allait rôdailler sur les fortifs où il essayait de gagner quelques ronds aux parties de passe anglaise organisées par des bicots tatoués jusqu'aux yeux. A propos de tatouages, Frédéric – il s'appelait Frédéric – en présentait un à la base du pouce, les trois points signifiant : *Mort aux vaches*, et un autre à l'annulaire droit, une espèce de bague. Il s'était fait dessiner ça par les mêmes krouias qui plumaient les pigeons. Une ou deux fois, on est allés dans un ciné des Gobelins, un palace crado, qui passait des films si vieux qu'on était obligé d'interrompre une douzaine de fois la projection, la pellicule craquant à tout bout de champ. C'était un prix unique et Fredo prenait des balcons d'où il pouvait bombarder les spectateurs du parterre avec des épluchures de cacahuètes.

Un jour, pour me prouver son estime, il m'a entraîné jusque chez lui. Il demeurait cité Jeanne-d'Arc, un îlot insalubre comme j'ignorais qu'il en puisse exister, qui se posait là.

Un labyrinthe de boyaux mal pavés ou pas pavés du tout, où serpentait un ruisseau central, malodorant au possible. A l'emplacement des trottoirs inexistants traînaient en permanence de vieux tonneaux métalliques à carbure, poubelles jamais enlevées, débordantes d'immondices et assiégées par des chats, des chiens et des rats, fraternellement unis dans leur recherche d'une pâture. Les maisons, certaines étayées par de gros madriers goudronnés, révélaient une lèpre tenace, suant le crime. Ça puait le légume pourri, les latrines bouchées et la punaise écrasée. Lorsqu'on levait les yeux, on apercevait, là où une voûte basse ne réunissait pas deux bâtisses, des fenêtres pour la plupart dépourvues de volets et montrant pas mal de vitres cassées et remplacées par des morceaux de carton ou des lambeaux d'affiches arrachés dans le voisinage, des tuyaux de poêle pointant par des ouvertures et ayant, aux temps froids, marqué les murailles de suie et de fumée, du linge étendu sur les barres d'appui et essayant de sécher, loin de tout soleil, du linge hâtivement lavé, presque aussi sale que s'il n'avait pas reçu l'eau et qui recueillait toutes sortes de poussières, et puis, plus haut, comme un couvercle gris, le ciel, peut-être. On en doutait.

Je n'ai pas compris, sur le moment, avant de m'en accommoder moi-même, comment on pouvait vivre dans un endroit aussi sordide, mais Fredo m'a expliqué que ça offrait des avantages, qu'ici les habitants étaient vraiment chez eux, que ça formait dans la grande métropole un lieu inviolable, comme une cité secrète et interdite et que c'était bien pratique, quand on commettait une connerie sur le boulevard, pour se réfugier. Même en plein jour, les flics n'osaient pas se risquer dans ce domaine enténébré où ne régnait d'autre loi que celle des habitants. Un jeunot, nouvellement nommé au quart du coin, avait voulu faire du zèle, un soir, pourchassant un ivrogne qui l'avait insulté. Il n'était plus revenu et avait compris. Un malabar manchot, au tarin dévoré par un lupus qui tendait d'ailleurs à annexer les lèvres et l'œil droit, saisissant le jeune imprudent au cou, dans l'étau de son bras valide replié, lui avait longuement frictionné la frimousse contre son chancre nasal.

Ce premier jour où j'ai découvert la cité Jeanne-d'Arc, un couple se tabassait en gueulant, au fond d'un de ces antres, ce qui n'a pas réveillé la clocharde vautrée dans l'angle d'un couloir, ni impressionné la maigrichonne qui tordait une serpillière à sa fenêtre. Les bagarres devaient être fréquentes, dans le secteur, et laissaient tout le monde froid. Dans cet enfer, dominant la dispute, un bébé pleurait et quelqu'un triturait un accordéon.

Fredo demeurait là, m'a-t-il dit, avec sa vieille mère et sa sœur Gina. Et justement, après nous être introduits sous un porche et avoir entrepris l'ascension d'un escalier à la rampe branlante, on l'a rencontrée qui descendait, la sœur en question.

A notre vue, elle s'est immobilisée sur le palier, et une vague lucarne, laissant filtrer un jour équivoque, l'a éclairée en plein.

« Voilà ma frangine », a dit Fredo.

***

Je l'ai appris plus tard, son vrai nom c'était Geneviève et son diminutif Ginette, mais on l'appelait invariablement Gina, d'un sobriquet qu'elle devait à son goût pour la georgina, ces accordéons italiens, ressemblant à des lampions du 14 juillet, aux extrémités hexagonales. C'était elle que j'avais entendue, en pénétrant dans la cité.

Dans son chandail noir, soulignant la fermeté de son buste, et sa jupe plissée, noire également et effrangée, elle rayonnait d'une beauté faubourienne, sauvage et canaille. De grands yeux aux reflets cuivrés, ourlés de longs cils, s'ouvraient dans un visage allongé, encadré de cheveux blonds indisciplinés, coupés par elle-même et pas peignés. Une mèche vagabonde s'aventurait parfois sur sa figure au teint mat qui se serait mal accommodé du moindre fard, et elle la chassait d'un brusque mouvement de la tête.

A peu près du même âge que son frère, elle était plus petite, mais elle m'a paru immense parce que, placée quelques marches plus haut, elle nous dominait, d'autant qu'elle portait des chaussures à talons hauts. Ces chaussures s'éculaient et réclamaient du cirage, comme ses jambes du savon, mais il s'agissait bien de cela.

La sœur de Fredo n'avait rien de la gravure de mode. C'était un animal en lequel j'ai tout de suite deviné *ma* femelle, et je suis revenu sur mon aversion pour la cité Jeanne-d'Arc, et je n'ai plus trouvé l'endroit si déplaisant que ça. La vue de Gina m'a bouleversé comme l'apparition de la prostituée, aux Halles. J'ai ressenti le même genre de choc, mais en plus violent.

A notre premier échange de regard, on a compris tous deux que nous étions de la même race et que, désormais, rien ne pourrait nous séparer, sinon la mort.

VII

GINA

Je crois qu'on s'est serré la main. Je n'en suis pas sûr, j'ai oublié, mais on a dû le faire. Ça se fait toujours, c'est un geste machinal qui ne signifie rien, mais entre nous deux il a certainement signifié quelque chose.

« J'allais m'en jeter un, a dit Gina. La vieille dort. »

Elle avait une voix grave, un peu triste et lasse, émouvante.

« T'as du fric? a demandé Fredo.

– J'en ai un peu, moi, suis-je intervenu.

– Te lance pas dans les dépenses.... Gina est plus riche que nous. »

De fait, c'est elle qui a payé le vin blanc que nous sommes allés boire chez un bougnat de la cité, bruyant des conversations sonores et avinées d'une clientèle interlope. En bavardant, j'ai appris que Gina gagnait plus ou moins sa vie en vendant des fleurs aux terrasses de cafés, commerce qu'elle accompagnait d'un solo de georgina pour attendrir le chaland.

Deux petits gars mal fringués et titubants – des copains à Fredo et Gina – ont rappliqué chez le bougnat. Ils m'ont rappelé Fernand le Parricide. A un petit rictus abaissant les lèvres et aux yeux chavirés par l'ivresse près, ils avaient des gueules comme la sienne, pâlichonnes mais douces et assez jolies à voir. Eux aussi totalisaient à peine trente ans à eux deux. Ils se sont montrés enchantés de trouver des connaissances, ils l'ont manifesté avec exubérance et ils m'ont secoué le bras comme si nous étions frères de lait. Et, illico, ils ont voulu payer le coup.

« Eh ben! vrai, a remarqué Fredo, vous avez hérité pour vous foutre dans des états pareils. »

J'ai compris que d'ordinaire le fric ne devait pas étouffer les deux adolescents.

« Le moins noir des deux va nous raconter ça, a dit Gina, en riant. Vas-y, Manuel. C'est toi qui tiens le mieux le choc. »

Celui qui s'appelait Manuel portait sur des cheveux rouquins une casquette crasseuse. Il a comiquement salué, manquant s'étaler, cependant qu'un large sourire un tantinet idiot fendait sa face semée de taches de son, découvrant une denture incomplète. D'une voix fluette, rendue rauque à certains moments par le voile de l'ivresse qui lui obstruait la gorge, il nous a bégayé l'histoire.

Ils étaient descendus jusqu'à Notre-Dame, Julien et lui, regarder dans les boîtes des quais si rien n'était fauchable. Dans un livre que Julien feuilletait innocemment avant de l'enfourner sous son veston, ils avaient trouvé cent balles, un billet presque neuf. Julien se marrait en écoutant le récit de son copain. Quand il a pu placer un mot, il nous a dit, bégayant, bafouillant, cherchant encore plus désespérément ses mots que le premier orateur, qu'il pensait que c'était peut-être la mouise qui avait amené un type à se débarrasser de ce bouquin, ignorant qu'un jour de richesse il y avait glissé un billet de banque. Julien possédait le sens de l'humour et paraissait assez intelligent, plus que Manuel, mais il rabâchait, comme tous ceux qui ont leur plein de liquide, et il a bien remis ça, sur l'ironie de la chose, une bonne douzaine de fois.

« Alors, comme ça, a conclu Fredo, vous êtes partis en foire?

– Tout juste, a répondu Manuel. On s'est tapé d'abord quelques crèmes avec des croissants, et puis des cafés arrosés, et on a acheté des cacahuètes...

– Et des cibiches, a complété Julien.

– Oui, mais d'abord des cacahuètes...

– Non, des cibiches... »

Il s'est entêté. Ils ont failli s'engueuler.

Fredo, Gina et moi, on s'amusait. Qu'est-ce que cela pouvait bien faire que les cacahuètes aient eu le pas sur les cigarettes ou le contraire? C'était bien là problème d'ivrogne.

Mais Julien y tenait. Ils avaient d'abord acheté des cigarettes...

« Si tu veux. D'ailleurs, les cacahuètes, j'ai été seul à en bouffer...

– Les cacahuètes me débectent, a dit Julien, méprisant.

– Enfin, vous ne vous êtes pas saoulé la gueule avec des pistaches? a souri Gina.

– ... Et le plus clair de l'affaire, a insinué Fredo, c'est que vous êtes partis en bringue sans penser aux copains. »

Ils ont protesté :

« Qu'est-ce qu'il te faut, alors!... On est venu ici, direct... Il nous reste encore pas mal de pèze... »

Ils l'ont produit et on a remis ça avec le vin blanc, sur leur compte; un litre qu'on est allé tranquillement chimer dans le fond de l'estaminet, à une table poisseuse, libre depuis peu.

Toute une faune inquiétante hantait le bougnat. Des chiffonniers des deux sexes tenaient des conciliabules mystérieux, tandis que d'autres discutaient fort. Des ivrognes solitaires s'abîmaient dans leurs songes. Deux bicots d'une trentaine d'années se sont amenés, silencieux, froids et impénétrables comme des sphinx. Ils se sont accoudés au comptoir, puis, leur kaoua servi, ont jeté un regard circulaire. L'un d'eux portait une courte barbe crépue. C'est celui-là qui, avisant notre groupe, lui a adressé de sa place un petit signe amical de la main, pour s'approcher ensuite. Il a serré la louche à Fredo, portant immédiatement après son index à ses lèvres bleutées. Il a tapoté l'épaule de Julien.

« I bien, Oulien, mon z'ami t'i saoul, qui ji vois? »

Il a ri, montrant des dents de loup. Il est retourné au comptoir rejoindre son compagnon. Ils n'ont pas échangé une parole. Ils ont bu leur café, ont payé et sont sortis comme s'ils ne connaissaient personne, là-dedans, sans un mot et d'une démarche souple de félin.

A mesure que nous avancions dans notre picolage, Fredo, sa frangine et moi, on s'est sentis devenir euphoriques. C'était tout de même Gina la moins poivre. Elle supportait mieux la secousse ou se débrouillait pour faire semblant de boire, je ne sais. Moi, je commençais à voir double et la fumée me piquait les paupières. Manuel, lui, ne voyait ni double ni triple. Complètement éteint, ses yeux se baladaient quelque part, derrière le front ou au niveau des oreilles, sauf en face des trous, et sans le hoquet qui le secouait dangereusement à intervalles réguliers, il aurait roupillé. Mais, dès qu'il se laissait aller, hic! Tête haute! Comme quoi le remède voisine avec le mal. Julien, aussi gaz que son copain, avait le vin triste. Il s'est mis doucement à piquer une crise de chagrin. Il a chialé dans son verre. Alors, on a décidé de lever le siège.

Dehors, il faisait presque nuit.

« Allons jaffer, a proposé Fredo. Ça nous rebectera.

– Où ça?

– Chez nous... T'as bien encore de quoi acheter du boudin, Manuel? »

L'interpellé a fouillé dans ses poches, ramassé et mis dans les mains de Fredo, ouvertes en coupe, tout ce qu'elles contenaient.

C'est Gina qui a été désignée de corvée aux provisions et, pendant que nous restions à attendre son retour, Julien a encore pleuré et, entre deux sanglots, a appelé sa mère.

« Bon Dieu! a ricané méchamment Fredo, ça ne te réussit pas. Dégobille, ça ira mieux. »

C'est ce qu'a fait le môme, sans que ça l'empêche de répéter encore, sur un ton déchirant :

« Môman... môman... »

Je me suis approché, menaçant, peut-être parce que je n'étais pas loin de fondre en larmes, moi aussi.

« Ta gueule, nom de Dieu! Ta gueule! »

Fredo m'a saisi le bras, serrant fortement.

« Laisse choir... peut nous foutre, qu'il réclame sa dabe?... Elle est morte... Bon débarras pour tout le monde... à commencer par elle... »

Je me suis dégagé sans peine. Fredo était plus grand que moi, mais moins fort.

« Fais pas le couillon, Julien », a conseillé Manuel.

L'autre s'est tu. Il a reniflé, s'est mouché dans les doigts et j'ai laissé tomber.

Gina est revenue avec du boudin, du pain et deux litres de rouge. On est montés chez le frère et la sœur se taper la cloche.

Le papier mural de la première pièce où nous sommes entrés se décollait par endroits, sous l'effet de l'humidité. L'ameublement sommaire comportait une table boiteuse, une chaise, une armoire et un lit de fer. Assise sur ce lit, une femme sans âge, de cinquante ans comme de quatre-vingt-dix, dépeignée et mal vêtue, la main passée sous un corsage dégrafé, grattait d'un index nonchalant des nichons en forme de blagues à tabac. Une bougie, fichée dans le goulot d'une bouteille, éclairait de sa flamme vacillante le lamentable tableau. A notre irruption, la femme nous a gratifiés d'un regard sans expression.

« Tiens, a hoqueté Fredo, en la désignant à l'attention de Julien, tiens, toi qui chiales après ta mère, en voilà une. Tu parles d'un spectacle! »

Sans cesser de se gratter, l'ivrognesse a braqué ses yeux chassieux sur son fils et sifflé :

« Enfant de putain! »

Il s'est esclaffé :

« Je ne te le fais pas dire. »

Gina n'a rien dit, paraissant ailleurs. Chargée des maigres victuailles, elle s'apprêtait à passer dans la pièce voisine. Les prunelles de la vieille se sont animées à la vue des bouteilles. Fredo lui a tendu un litre.

« Je suis un fils modèle... Crèves-en, nom de Dieu! »

Elle a joué les sourdingues, empoigné avidement la bouteille, enlevé le bouchon et bu longuement à la régalade. Ça a glougloute, avec un bruit d'évier qui se vidange.

A un ou deux détails près, la pièce d'à côté était la fidèle réplique de l'autre. Un page de fer, deux chaises dont une provenant d'un square, une caisse servant de commode et un poêle félé et rouillé. Contre le mur s'étirait la georgina, accrochée à un clou. Une fenêtre aux vitres cassées laissait filtrer un air méphitique.

C'est dans ce décor que nous nous sommes installés tant bien que mal et avons avalé le boudin froid, le pain et le litre, en échangeant des propos d'ivrognes, aux chandelles, comme au temps des rois. A un moment, Julien s'est encore senti du vague à l'âme et on l'a consolé du mieux possible. Pour clore la fête, Gina a décroché son accordéon et a entrepris de nous en pousser une, avec accompagnement. La *Sérénade* de Toselli.

Viens, le soir descend
Et l'heure est charmeuse...

Je n'avais plus conscience du taudis où j'étais. Je regardais, j'écoutais Gina. Richesse ou pauvreté, maintenant, ça ne signifiait rien.

Quand elle a eu terminé la chanson, on a applaudi. Comme s'ils n'attendaient que cela, deux coups de sifflet ont retenti, venant de la rue. Gina est allée à la fenêtre, s'est penchée au-dehors, furieuse.

« Ça ne vous plaît pas, ma musique? »

Une voix gutturale a répondu une phrase indistincte. Gina s'est retournée.

« Ce sont vos krouias. »

Pesamment, Manuel a pris sa place.

« On arrive, mon z'ami », a-t-il crié.

Il est parti en compagnie de Julien, qui recommençait à

renifler et je crois bien que le môme, à peine dans l'escalier, a replongé dans son désespoir, parce que, une fois dehors, il me semble l'avoir entendu sangloter faiblement.

« Môman... môman. »

J'ai pensé aux romanichels voleurs d'enfants.

***

Il a bien fallu que je me tire à mon tour. S'il n'avait dépendu que de moi, je serais resté là toute la vie, mais rien n'a indiqué chez Fredo l'intention de m'offrir l'hospitalité. J'ai allumé une dernière cigarette et souhaité bonne nuit au frère et à la sœur. A côté, étendue sur son grabat, le litre vide encore dans sa main sale, la vieille ronflait comme un sonneur.

J'ai descendu l'escalier à tâtons. La rampe branlait, les marches grasses étaient traîtresses, un vrai casse-gueule! Soudain, j'ai perçu la présence de quelqu'un derrière moi. Quelqu'un ou quelque chose. Comme un bruit d'ailes. Une voix a chuchoté :

« André! »

C'était Gina. J'arrivais au palier. Je me suis arrêté. Elle m'a rejoint, pris mon bras.

« André... Écoute... »

J'ai *senti la couleur noire* de son chandail, emprisonnant des seins dardés comme des lances. Ils s'écrasaient sur ma poitrine, me pénétraient. Je n'ai rien dit, rien fait. D'ailleurs, le temps m'eût manqué. L'obscurité s'est brusquement dissipée et Fredo a gueulé, sur un drôle de ton :

« Gina! »

Elle s'est éloignée.

« Oui, me v'là. »

Il a dégringolé les marches au risque de se rompre les os. La bougie qu'il tenait à la main répandait sa cire chaude sur ses doigts et éclairait un visage mauvais, avec un sale sourire aux lèvres et des lueurs glauques sous les sourcils froncés.

« Je le raccompagnais », a expliqué Gina, d'une voix égale.

Elle a chassé une mèche rebelle.

« Salut, André.

– Salut », a dit Fredo.

Il bégayait.

« Salut, les potes. »

Gina a rejoint son frère. J'ai atteint la ruelle.

L'air vif de la nuit a baigné mon crâne douloureux. Je tenais une chouette muflée, mais il n'y avait pas que l'ivresse. Je suis resté à contempler la fenêtre éclairée de la chambre de Gina, jusqu'à ce qu'on souffle la bougie.

Dans le voisinage, un enfant a pleuré, un chat a miaulé ses amours et un homme, en proie au cauchemar, a poussé un long cri. J'ai entendu un train siffler, là-bas, à la gare d'Orléans, et des autos rouler sur le boulevard proche, et puis comme des gémissements...

Mais ça, c'était du délire alcoolique, parce que, pour être paf, on ne pouvait guère le nier, et le moins marrant n'était pas de retourner cuver ma vinasse au Foyer végétalien, chez les buveurs d'eau.

VIII

BRUMES

Je me suis réveillé tard et suis resté toute la journée au lit, à rêvasser. La gueule de bois m'y disposait. Tellier, qui m'avait entendu rentrer en état d'ébriété, comme il disait, riait doucement. Il n'aurait pas été souhaitable que je rencontre le gérant de l'établissement. Il était tolérant jusqu'à un certain point, mais il n'aurait certainement pas voulu plus longtemps d'un locataire aussi scandaleusement intempérant. Je n'ai pas avoué à Tellier que, peut-être, ce serait moi qui les quitterais, de mon propre mouvement. Je pensais déjà m'installer à la cité Jeanne-d'Arc, où quelqu'un m'attirait.

Je me suis rendormi et j'ai rêvé à Gina.

***

Je tenais la main de Gina dans la mienne et nous montions un interminable escalier. Arrivés à son sommet, nous nous apercevions que nous étions au dernier étage de la tour Eiffel, dans une lumière d'aquarium, troublée parfois par le flottement du drapeau, une immense étamine noire que halait un Tellier ricaneur, camouflé sous de multiples pansements. Je regardais alentour Paris disparaître sous les vignes. L'ombre du drapeau s'étendait au loin, puis une saute de vent l'effaçait. De nombreux clochards peuplaient les rives de la Seine. Certains de ces miséreux agitaient les bras dans ma direction, me faisant signe de les rejoindre. Alors, je serrais fortement les doigts de Gina et l'examinais mieux.

Elle portait un chemisier clair et une jupe écossaise et des bas très fins, et tout cela neuf mais déchiré. Le drapeau noir s'interposait entre les clochards et nous. Gina et moi constations alors qu'un immense escalier en colimaçon, construit à l'extérieur du monument métallique, ceignait la tour. Nous l'empruntions pour redescendre.

En bas, sur le pont, une conduite intérieure nous attendait. Nous y prenions place. Le chauffeur se tournait vers moi, pour s'enquérir de l'endroit où il devait nous déposer. Je reconnaissais Fredo et ça me gênait. Je ne savais plus quoi dire. Un très net sentiment de honte m'envahissait, d'autant plus que je m'apercevais que j'étais en caleçon. Mais Fredo se penchait sur le tableau de bord. Je regardais Gina.

Elle me souriait. Le coin de la voiture où elle se pelotonnait était légèrement obscur, *mais je la sentais sourire.* Je lui serrais les doigts plus fortement encore et, à ce moment, on frappait à la vitre. Dans le rectangle de la portière se dessinait Julien, la main droite tendue. Il pleurait et disait :

« Môman... môman... »

Je voulais lui faire l'aumône, mais ne trouvais rien dans ma poche. C'était alors qu'intervenait l'Arabe barbu, remarqué chez le bougnat. Il m'apparaissait confortablement installé sur le strapontin en face de moi, et je ne m'étonnais pas de sa présence. Il extrayait un jeu de dés de sa poche et proposait muettement une partie de passe. J'acceptais et aussitôt l'auto démarrait, conduite non plus par Fredo mais par un gardien de prison, et nous laissions sur le trottoir Julien en compagnie de Gina. Les dés que je tenais en main prenaient des proportions gigantesques. Mes bras blessés ne pouvaient plus en supporter le poids... Et tout tournait... Je me sentais tomber au fond d'un précipice.

Je revenais à moi dans un champ de tournesols. Un homme me touchait du pied, grognant avec mépris :

« *Ça!* »

Harassé, meurtri, je me relevais. J'écartais les fleurs, cherchant dans la boue je ne sais quelle empreinte. Et, soudain, je me heurtais à la prostituée bottée des Halles. Elle me souriait, de toute sa face de poisson et de noyée, et ma fatigue disparaissait. Je poursuivais mon chemin, encouragé par les accents plaintifs d'un accordéon. Et je découvrais Gina, luisante comme une poupée de cire, un mannequin de vitrine, et vêtue de sous-vêtements que reproduisent approximativement les catalogues des Grands Magasins...

La crainte et la honte m'éveillaient.

. . . .

Ç'a été comme ça toute la journée. Ce n'étaient pas des rêves bleus. Plutôt des cauchemars, mais avec quelque chose de si inexprimablement bon, lorsque apparaissait Gina.

***

Le lendemain, je suis descendu sur les Gobelins, là où je savais depuis l'avant-veille que Gina vendait parfois des fleurs. Je suis passé et repassé vingt fois devant les terrasses des cafés, sans l'apercevoir. Je devais vraiment mal marquer et arborer sur mon visage toute la détresse du monde car, à un moment, une vieille avec un filet à provisions m'a impérieusement glissé une pièce de monnaie dans la main. Je suis resté interdit et j'ai foutu le camp. Ça m'humiliait un peu, d'inspirer la pitié.

Mais, l'après-midi, je suis revenu, décidé à savoir ce qu'ils devenaient tous. Je n'ai pas eu besoin d'aller les chercher jusque dans la cité, comme j'en avais l'intention. Sur le boulevard de l'Hôpital, je me suis entendu appeler.

« Hep! Dédé! »

J'ai reconnu la voix de Fredo. J'ai regardé sur le trottoir d'en face. La tierce en occupait toute la largeur. Je les ai rejoints et serré toutes les poignes. Ils s'étaient adjoint deux nouvelles recrues : une fillette de dix ans environ et un chien garanti pure race bâtarde. Fredo tenait le clebs par une corde. Manuel et Julien étaient taciturnes. Je me suis aperçu par la suite qu'ils ne connaissaient généralement pas d'autre état. Il fallait qu'ils soient noirs à rouler sous la table pour jacasser ou, comme Julien, se mettre à pleurer. Les cris joyeux de l'adolescence! Un dessin aurait été nécessaire pour qu'ils s'en fassent une idée, et encore! C'est Gina que j'ai regardée le plus profondément et il ne m'a pas semblé qu'il subsistât dans son esprit le moindre souvenir de notre entrevue furtive de l'autre nuit. Fredo paraissait de bonne humeur. Entre deux observations au cabot qui se réjouissait d'être avec lui comme de gagner la fourrière, il m'a demandé :

« Eh bien! qu'est-ce que tu fabriques, par là?

– Je me baladais.

– On ne t'a pas vu, hier?

– Je ne veux pas vous enquiquiner.

– Oh! tu sais, tu ne nous gênes pas... Entre potes qui n'ont rien à foutre... »

Il souriait aimablement. Il n'avait plus sa sale bobine de l'autre nuit, dans l'escalier. J'ai réfléchi que j'avais dû mal voir, me forger des idées. J'étais noir, lui aussi, et la lumière de la bougie n'embellissait rien. J'ai quand même eu l'impression qu'il était content que je ne sois pas venu le relancer la veille.

« Où allez-vous? ai-je questionné, pour couper court.

– Aux bains de mer.

– Quoi?

– A la Seine, si tu aimes mieux.

– Vous baigner? »

Je n'en revenais pas.

« Baigner ce clébard. On se marre comme on peut. Il craint la flotte. On le jette dedans et on se marre de le voir gigoter. »

Ils ne m'ont pas précisément invité, mais je les ai suivis.

On a pris les quais et on est descendus sur les berges, non loin du pont de Tolbiac, à un endroit où s'élevait, contre la muraille du quai, une baraque en planches, ancienne resserre à outils de cantonniers, désormais ouverte à tous vents et abandonnée à son sort.

La petite môme, Fredo et Manuel sont allés s'amuser avec le pauvre chien qui aboyait tout ce qu'il savait rien qu'à la vue de l'eau. Ils m'ont laissé avec Gina et Julien, et j'en ai profité pour bien regarder encore une fois la fille dans les yeux, mais je n'y ai rien lu qui puisse avoir un rapport avec sa conduite de l'autre nuit. Bientôt, Fredo a appelé sa frangine auprès de lui et je suis resté seul avec Julien.

Nous n'avons parlé ni l'un ni l'autre. Nous nous sommes assis, les guibolles pendantes au-dessus de l'eau sale que charriait le fleuve. Un soleil jaune essayait, sans succès, de percer la grisaille du ciel.

En face, sur l'autre rive, s'étendaient les entrepôts de Bercy, teintés de marron, comme si cette couleur était due aux vapeurs du vin. Sur le moment, ça m'a rappelé mon pays, surtout qu'en tournant légèrement la tête je pouvais apercevoir l'horloge monumentale de la gare de Lyon, qui semblait me faire les gros yeux, et j'ai été sur le point de m'enfuir, mais mon destin ne le voulait certainement pas.

De temps en temps, je lançais un caillou dans l'eau où il dessinait des cercles bientôt détruits par le sillage que laissait derrière lui un remorqueur aux sourds halètements. L'eau agitée mourait en flaquotant contre le ciment du bas-port.

***

Nous avons pris l'habitude de venir souvent oublier notre misère à cet endroit. Nous nous y sentions chez nous. On fumait et on débloquait. Nous étions presque heureux. On s'amusait avec le chien de la petite môme, Biscuit, qui commençait à s'accoutumer à l'eau, depuis qu'on l'y plongeait, et qui finirait par nager comme un poisson. On pêchait des saloperies qu'entraînait le courant, avec un frisson, d'espoir et de crainte, d'amener un jour un noyé tout vert à la surface. Quand passait un train de péniches, on interpellait les marinières qui rinçaient leur lessive.

Deux ou trois fois, les copains algériens de Manuel et Julien se sont joints à notre bande. Ils me répugnaient un peu, surtout le barbu, mais comme ils ne s'incrustaient pas, j'aurais eu mauvaise grâce à laisser paraître mes sentiments.

Ils arrivaient, disaient bonjour, bonsoir, restaient un peu avec nous, le temps d'expédier quelques glaviots dans la flotte pour voir si les ronds ainsi formés supportaient la comparaison avec ceux produits par un jet de caillou, et puis ils se tiraient.

Généralement Manuel et Julien leur emboîtaient le pas.

***

Un jour assez maussade que nous étions tous à fainéanter sur la berge, Manuel est allé fouiner dans l'ancienne baraque de cantonnier. Il en a ramené un fragment de vieux journal, vraisemblablement abandonné dans ce domicile de passage par un clochard. Manuel n'était pas bavard. Sa trouvaille lui a fourni le prétexte de ne plus se mêler à notre conversation. Il s'est plongé dans sa lecture.

Quand il a plié le journal, il est resté un moment songeur. Ses yeux ont parcouru lentement le paysage : l'eau trouble du fleuve, les docks sombres, la fumée épaisse obscurcissant le ciel, crachée par la gare de Lyon et celle d'Orléans, et plus loin encore, là-bas, par de hautes cheminées d'usines.

« Quand je pense, a-t-il soupiré, qu'il existe un bled qui s'appelle Nice où c'est plein de fleurs et de soleil.

– Où t'as vu ça? a demandé Julien.

– Sur ce canard... Il est question d'une fête à Nice...

– Du soleil tout le temps?

– Même l'hiver.

– Sans blague?

– Je connais, ai-je dit. Je suis de par-là... Il y a du soleil et des fleurs...

– Des fleurs, j'en vends, a fait Gina.

– Elles puent le moisi, a ricané son frère.

– C'est peut-être parce qu'elles ne poussent pas au soleil. »

Il a craché :

« Qu'est-ce que vous avez à vous emmouscailler avec le soleil? On n'en a pas ici? Tiens, gaffe. »

Il a désigné un rayon jaunâtre qui léchait timidement les docks de Bercy. J'ai secoué la tête.

« Tu appelles ça du soleil?

– C'est peut-être la lune?

– C'est aussi froid qu'elle, en tout cas... Je me demande si c'est vrai, ce qu'on apprend à l'école, qu'il n'y a qu'un unique soleil? Ça ne m'étonnerait pas qu'il y en ait plusieurs...

– Le fait est qu'ici il est plutôt moche, a reconnu Gina.

– Ici, c'est un quartier de cloches, a dit Manuel. On ne nous abandonne que les restes. C'est un soleil qui s'est déjà usé ailleurs. Il a servi.

– Dans les beaux quartiers, peut-être, a hasardé Julien, ses yeux malheureux brillant de fièvre. Ils doivent avoir un soleil comme dans la ville que tu dis... Nice... dans ces coins-là.

– Aux Champs-Élysées, oui. »

Ils parlaient des Champs-Élysées comme d'une contrée lointaine. Gina a ricané.

« Aux Champs-Élysées? Vous me faites rigoler. Ils n'ont pas mieux que nous.

– Qu'est-ce que tu en sais?

– J'y suis allée, a-t-elle fièrement répondu. Tu te souviens, Fredo? C'était avec les vieux, du temps que papa vivait encore...

– Je me souviens, a dit Fredo. Il faisait un temps encore plus moche que celui que nous avons ici... J'étais môme, mais je me souviens... Et c'était plein de cloches, aussi... Des béquillards, des macchabées dans des petites bagnoles.. Je n'y suis plus retourné... Ça foutait le cafard... Nos vieux ont toujours eu des idées à la godille.

– C'était un 11 novembre, a précisé Gina, mais la saison n'y fait rien... Quand on est revenu à Italoche, on a été comme éblouis, en sortant du métro... Notre soleil miteux éclairait la place... Il était miteux, mais c'était du soleil. »

Nous sommes restés un moment silencieux, puis :

« Chez moi, ai-je dit, le soleil est tellement fort qu'il t'oblige à fermer les yeux...

– Ce n'est peut-être pas indiqué pour la vue, a goguenardé Fredo.

– En tout cas, ce n'est pas celui-là qui me rendra aveugle.

– André a raison, a dit Julien. Il y a plusieurs soleils... Et la preuve... Tiens, on n'est pas loin du pont d'Austerlitz, ici, hein? Et vous avez entendu parler du soleil d'Austerlitz? Eh bien! qu'est-ce que c'est, ce fameux soleil que les gens appellent le soleil d'Austerlitz?

– Ce doit être celui que nous avons en ce moment, a répondu Manuel.

– Tout juste.

– Faut pas se plaindre, a dit Fredo. Il y a des mecs qui ne voient jamais le soleil, miteux ou pas.

– Lesquels?

– Ceux qui bossent dans les mines... Ils s'enfoncent dans les puits au matin et n'en remontent que le soir... Ils ne voient jamais le soleil... »

Il a haussé les épaules.

« ... Il faut en tenir une couche pour faire ce métier-là. »

J'ai tiré une dernière bouffée de ma cigarette et ai expédié le mégot dans l'eau. Il a coulé en grésillant.

« Nous, c'est pareil, ai-je fait. Nous sommes dans un trou, aussi... On n'a pas de soleil.

– Moi, j'en aurai, s'est brusquement écrié Julien. J'y ai droit... comme tout le monde.

– Tout le monde y a droit, oui... Seulement, la distribution n'est pas bien faite... Ce soleil que tu vois, là, ce n'est pas du soleil.

– Je demanderai ma part de vrai soleil... J'irai à... comment tu appelles ce bled?... Nice, s'il le faut...

– Merde, a glapi Fredo, pourquoi ne demandes-tu pas aux krouias de t'emmener en Algérie?... Là-bas aussi ils en ont du soleil, et un fameux. Mahomet, qu'il se nomme. »

Le visage de Julien s'est douloureusement crispé.

« Du bon soleil, chez eux?

– Du soleil excellent.

– Qu'est-ce qu'ils viennent chercher ici, alors? Moi?, si j'étais né au soleil... »

Fredo a souri, méchamment :

« Sais pas... Ils en ont sans doute marre, du soleil... La lune, ça les change.

– Est-ce qu'on peut savoir ce qui te pousse à voyager? ai-je dit. Moi aussi, je suis du soleil, et pourtant me voilà ici. Ça a étonné jusqu'au directeur de la Petite-Roquette.

– Il y a des Arabes, à Nice? a demandé Julien.

– Il y a des Italiens, des gars secs comme des sarments qui te vendent des statuettes de plâtre. Il y a de jolies filles brunes qui chantent tout le temps, en riant, les yeux plissés à cause du soleil. Il y a des fleurs et la mer toute bleue qui se confond avec le ciel...

– J'irai à Nice...

– C'est loin, ai-je pensivement murmuré, en fixant l'immense œil rond de l'horloge du P.-L.-M.

– Je me débrouillerai...

– Faudrait que tu fasses un coup dur, au moins, a ricané Fredo.

– Pourquoi pas? »

Fredo s'est contenté d'accentuer son ricanement. J'ai haussé les épaules.

« Je suppose qu'il n'y a rien à chiquer. Pas de chance et trop tard à la soupe sur toute la ligne. Nous sommes des infirmes. Un cul-de-jatte ne gagnera jamais une course à pied. Un cadavre ne se réchauffera pas auprès du feu le plus ardent. Nous, c'est pareil. Nous trouvons une couleur suspecte au soleil d'ici. C'est notre vue. Le soleil de Nice sera aussi terne et ne nous mettra pas plus le cœur en joie que celui-là ne le fait. C'est comme ça. »

IX

AMOURS

Mes quatre semaines de repos tiraient à leur fin. Un jour que j'étais allé visiter le toubib, à sa clinique, j'y ai rencontré mon Fredo qui faisait plutôt une sale bouille. Ça ne m'a pas étonné outre mesure. Depuis quelque temps, il était plus souvent en train de grimacer que de sourire. Je ne sais pas à quoi ça tenait, mais j'avais parfois l'impression de le bassiner. Et, à ces moments, je ne pouvais m'empêcher d'évoquer sa curieuse expression de l'escalier et me demander si j'avais rêvé ou quoi.

« Bon sang, Dédé. J'ai une contre-visite, cet après-midi, et pas moyen d'y couper.

– Donaire ne peut pas arranger ça?

– Il ne peut pas arranger toujours.

– Sans doute. Faut que tu y ailles?

– Ça ne m'amuse pas, mais...

– Tu crois qu'ils s'apercevront de quelque chose?

– Ce n'est pas ça. »

Je l'ai escorté jusqu'au métro. En chemin, il est devenu tout ce qu'il y a d'aimable, mais sans me faire part pour cela de la véritable cause de ses tracas. Il voulait que je l'accompagne dans le quartier de l'Europe. Ça ne me disait rien et, malgré son insistance, j'ai tenu bon.

« Qu'est-ce que tu vas faire?
– Chercher du boulot.
– Tu dis ça tous les jours...
– Aujourd'hui, c'est sérieux. Une boîte qu'on m'a indiquée, vers Denfert.
– Tu ne retourneras pas chez ton ancien singe?
– Ils me videront au bout de quarante-huit heures, à la reprise. Alors...
– Eh bien! à un de ces quatre.
– A ce soir, peut-être.
– Sais pas. »

La main sur la rampe, il s'est immobilisé au bout de deux marches.

« Dis donc... la clique est dispersée, aujourd'hui.
– Ah?
– Oui. Julien et Manuel sont partis je ne sais où avec leurs bicots et Gina est allée prospecter la porte d'Orléans, des fois que ça rende mieux que les Gobes.
– On ne peut pas toujours être ensemble.
– Non. »

On s'est quittés. Je me suis demandé le pourquoi de son attitude et de ces renseignements dont je n'avais que faire, et je suis arrivé à la vague conclusion qu'il ne tenait pas qu'en son absence j'aille fourrer mon nez cité Jeanne-d'Arc.

J'y suis allé, justement, me convaincre qu'il n'avait pas menti. Après quelques pas en direction de Denfert, j'ai brusquement rebroussé chemin. Comme tant d'autres, plus ou moins sérieusement proposées ces temps-ci, cette place de manœuvre attendrait.

Cité Jeanne-d'Arc, il n'y avait personne de connaissance, même pas l'ancêtre cuvant sa biture, et le galetas où créchaient parfois Manuel et Julien abritait des courants d'air. Personne non plus au bougnat.

Désœuvré, je me suis acheminé sans hâte vers notre lieu habituel de réunion, sur les quais. Parvenu au plan incliné qui conduit à la berge, j'ai entendu une musique, des sons d'accordéon, de georgina plus précisément car ce n'est pas tout à fait pareil. Je me suis penché sur le parapet et je l'ai vue qui donnait un récital, en compagnie des deux inséparables et d'un bicot, celui au piège.

Je me suis empressé de rejoindre le groupe et on est restés quelques minutes ensemble, puis Manuel et Julien sont partis, entraînant le bicot. Gina et moi, nous nous sommes assis au bord de l'eau.

J'ai allumé une cigarette et ai regardé s'éloigner le bout de bois noirci jeté à la flotte. Quand je ne l'ai plus vu :

« Ça a gazé, à la porte d'Orléans?

– Quelle porte d'Orléans?

– Fredo m'a dit que tu étais allée y vendre tes fleurs.

– Ah!

– Oui... Ça a dû marcher, puisque te voilà déjà de retour.

– Oui, ça a marché... »

Elle a ajouté, en souriant bizarrement :

« ... mais il ne faut pas croire tout ce que raconte Fredo.

– J'en ai comme une idée.

– Donne-moi une cousue, Dédé. »

Je lui ai tendu mon étui de cigarettes au détail.

« Du rif! »

Elle s'est penchée d'une certaine façon pour prendre du

feu à l'extrémité incandescente de ma cigarette. Ce jour-là, elle avait troqué son chandail contre un corsage de pauvre soie artificielle, assez échancré. J'ai vu l'ombre du sillon entre les deux seins.

Elle m'a laissé me rincer l'œil. Elle a pris plus que son temps pour allumer sa cigarette et, quand elle a eu tiré deux ou trois bouffées et adopté une position normale, je me suis levé.

« Où vas-tu?

– Je reviens. »

J'étais en feu. Je suis allé jusqu'à la cabane abandonnée et j'ai pu constater qu'une fois dedans, personne, de l'extérieur, ne nous verrait. Je me suis accoté au chambranle.

« Gina!

– Oui.

– Viens voir. »

Quand elle a pivoté sur son séant pour ramener ses jambes sur la berge, j'ai pu me saouler à loisir de ses cuisses aperçues sous la jupe soulevée dans le mouvement, et mon désir de mâle s'en est accru. J'ai été sur le point de courir sur elle et de la clouer dans l'eau, s'il le fallait. Elle s'est approchée, sa georgina sous le bras.

« Eh bien! qu'est-ce que tu as trouvé?

– Rien. Je voulais te demander... »

J'ai reculé d'un pas dans la cabane. Elle m'a suivi. Consumée aux trois quarts, ma cigarette me brûlerait bientôt les lèvres. J'en ai allumé une autre au mégot, tâchant à me composer une attitude. Avec les prostituées – je n'avais jamais pratiqué d'autres femmes – c'était si facile. Une fois d'accord sur les tarifs de pénétration, chacun savait quels gestes accomplir. Et si Gina se livrait à la prostitution, par hasard, elle aussi? Ça simplifierait tout... mais l'idée me déplaisait.

« ... L'autre soir, quand je suis parti...

– Quel autre soir?

– Le premier jour. Que voulais-tu me dire?

– Ah! tu n'as pas oublié?

– Non.

– Tu as été surpris?

– Je ne sais pas.

– Tu as eu l'air tout drôle.

– Je ne sais pas.

– On ne t'a pas revu, le lendemain, et on ne t'a rencontré que par hasard, ensuite... J'ai cru...

– Quoi donc?

– ... Que ça t'avait déplu.

– Je ne sais pas. »

Elle s'est mise à rire. Elle avait des dents naturellement blanches.

« Tu ne sais pas grand-chose.

– Non, pas beaucoup. L'autre soir...

– N'y pensons plus. Je m'étais gourrée... »

Elle a fermé à demi ses yeux de chat sauvage.

« Tu m'avais pris pour un autre?

– C'est ça, oui.

– Hum... Ce n'est pas par hasard qu'on s'est rencontrés sur le boulevard, tu sais.

– Pas par hasard? »

Ses paupières se sont imperceptiblement soulevées.

« Tu cherchais Fredo?

– C'est toi que je voulais. »

J'ai estimé que ça suffisait comme ça, chapitre de l'éloquence. Plus de quinze jours que j'avais envie d'elle à en claquer, quinze jours pendant lesquels nous ne nous étions jamais trouvés en tête à tête, quinze jours pendant lesquels je n'avais rien fait pour qu'on soit seuls. Quinze jours de perdus. Les minutes comptaient double, triple, elles étaient des ans, il ne fallait pas laisser échapper l'occasion. Elle me prendrait pour un imbécile et ce serait la fin de tout.

J'ai empoigné son corsage par l'échancrure et j'ai tiré, faisant sauter les boutons d'os. L'un d'eux s'est cassé et m'a écorché le doigt. Je l'ai prise par sa taille frêle et maigrichonne, l'immobilisant dans mon bras replié. Ma main droite a fourragé, meurtri ses seins. Ils étaient un peu gros, le tétin érigé au centre d'un cerne rosâtre de la dimension d'une pièce de deux francs, et j'ai pensé qu'un jour ils pendraient, flasques comme ceux de la mère, qu'il ne fallait pas perdre un instant.

Gina a fermé les yeux, ses narines se sont pincées, j'ai cru qu'elle allait se trouver mal. Elle a fermé les yeux l'espace d'un éclair, pour les rouvrir tout grands, les maintenir ainsi en un effort de tout son être. Elle ne voulait pas que j'imagine qu'elle pouvait penser à un autre. Ils viraient insensiblement au jaune sale, on aurait dit de la boue, le limon originel, des yeux de femelle en rut. Elle a abandonné sa georgina.

« Chéri... chéri... chéri... mon homme... quinze jours que je n'ai pas... »

C'est elle qui m'a arraché la cigarette de la bouche et l'a envoyé valser dans un coin de la cabane. Elle a collé sur mes lèvres la délicieuse ventouse des siennes et puis, sans se préoccuper de savoir si on pouvait nous voir ou non, elle s'est laissée glisser à terre, m'entraînant dans sa chute et le désordre de sa jupe retroussée.

Nous avons poussé en même temps, juste comme passait sur le fleuve un remorqueur hurleur qui ne l'a pas couvert, un grand cri voluptueux de bêtes assouvies. L'accordéon, bousculé, a vomi quelques notes.

Une quinte de toux nous a secoués, et c'est alors que nous nous sommes aperçus que nous aurions pu griller. Un nuage de fumée emplissait la baraque. Le mégot, tombé sur un petit tas de frisure, y avait mis le feu. J'ai maîtrisé le début d'incendie.

« Je croyais que c'était notre chaleur », a dit Gina, les yeux débordant de larmes de plaisir.

***

Elle a voulu retourner immédiatement chez elle. On est revenus par le boulevard de la Gare, sous le viaduc du métro.

« Je désespérais d'arriver jamais là, a-t-elle dit.

– Arriver à quoi?

– A ce que nous venons de faire.

– Moi aussi.

– Tu avais envie de moi?

– De la minute où je t'ai vue.

– Moi aussi. »

Les gens que nous croisions se retournaient sur Gina. Elle avait plus ou moins correctement rajusté son corsage fripé par mes ardeurs, mais ses seins impérieux, encore lourds et frémissants de joie, pointaient sous le tissu léger. Elle semblait danser et sa jupe plissée ondulait sur sa croupe. Avec sa tignasse échevelée, ses bas reprisés et ses cuisses sales, elle détrônait toutes les poupées de luxe. A éprouver contre mon bras cette chair chaude et palpitante, j'ai regretté qu'on ne soit pas restés encore un peu dans la cabane. Je sentais que jamais, avec cette fille, ne s'apaiseraient entièrement mes sens. Chaque assouvissement serait le signal d'une vigueur nouvelle.

J'ai hâté le pas, pressé d'arriver.

Gina s'est mise à rire.

« Quand je pense que j'ai cru...

– Quoi?

– ... que tu n'aimais pas les femmes. Que tu étais comme Manuel et Julien...

– Ils n'aiment pas les femmes?

– Peut-être que si. Mais à force...

– A force de quoi?

– Les bicots. Tu n'as pas compris? Ce sont les maîtresses des bicots. »

– Les deux bicots? Le barbu et son copain?

– Et d'autres... Le barbu prélève un pourcentage.

– Mais c'est dégueulasse... »

Elle a haussé les épaules.

« J'en ai tellement vu, des choses dégueulasses...

– Bon Dieu! des turfs, quoi! Et toi, tu tapines un peu, des fois? »

Sans fuir mon regard, elle a marqué une brève hésitation.

« N... non... Je me débrouille avec mon petit commerce... Mais, ça peut venir... Sait-on jamais?... »

Elle a ajouté, câline :

« Tu m'en voudrais?

– Oh! au point où nous en sommes tous... Chacun est libre.

– Ce n'est pas une question de liberté, si Manuel et Julien couchent avec des krouias.

– C'est quoi, alors?

– Sais pas.

– Ce sont des tantes?

– Non... C'est la mistoufle et l'avachissement et tout... Qu'est-ce que tu veux que je leur reproche?... Ça nous dépasse, tout ça, Dédé... Pourquoi la misère se transmet-elle, comme un héritage, le plus sûr des héritages?... Pourquoi ne peut-on jamais s'en sortir?

– Tu as raison, Gina. Ça nous dépasse. »

J'ai songé à la fausse lope de la Roquette. Mais lui se débrouillait presque, tandis que les deux mômes... Je revécus la détresse de Julien... « Môman... môman... » Le cri des vierges au soir du sacrifice... J'ai puisé au plus profond des yeux d'or de Gina la force nécessaire pour balayer tout ça, c'était trop triste et affreux, trop sinistrement grotesque. J'ai désiré n'être rien d'autre qu'un sexe, ne plus penser désormais qu'en dessous de la ceinture. Plus haut, ça flanquait le vertige.

***

Cité Jeanne-d'Arc, nous avons gravi l'escalier délabré qui conduisait chez elle, mais nous sommes passés devant sa porte sans qu'elle marque l'intention d'entrer. Elle a poursuivi l'ascension et, deux étages plus haut, nous avons débouché dans une espèce de grenier. Un jour sale filtrait par la toiture en ruine. Dans un angle, deux rats énormes se disputaient une immondice et notre arrivée ne les a pas dérangés. Ce n'étaient pas des enfants qui pouvaient les effrayer.

Gina a levé la tête vers le ciel. Je ne lui ai jamais vu une expression si pathétique. Elle a dit, la voix rauque :..

« C'est là.
– C'est là quoi? »
Elle a désigné une poutre.
« Qu'il s'est pendu.
– Qui?
– Mon dab. »
Elle s'est assise sur le plancher vermoulu, sans cesser de regarder la poutre. C'était un mélange curieux de fillette, de femme formée et d'animal.
« Je l'aimais bien, papa... C'est moi qui l'ai découvert... Il tirait une langue comme ça... Il était encore chaud, dans son falzar tout mouillé...
– Pourquoi me racontes-tu ça?
– Sais pas... C'est à mon tour de ne pas savoir... Drôle de cadeau de noces, hein? »
J'ai considéré la poutre jusqu'à ce que le pendu m'apparaisse, grimaçant et bénissant notre union du balancement de son corps.
« La misère?
– Quelle autre cause?...
– Oui, c'est vrai, Gina... Les pauvres n'ont pas d'autres raisons de se buter que la misère... Les autres motifs de suicide, c'est bon pour les riches... la jalousie... Les chagrins d'amour...
– Nous deux, peut-être, ça nous arrivera... Mais lui... et pourtant, il n'était pas feignant...
– Oh! tu sais, feignant ou pas, quand on est voué à la poisse...
– Oui, sans doute... Pas moyen d'en sortir autrement... Il s'est pendu... Pas assez riche pour se supprimer au gaz... »
Je me suis penché sur elle. Mon regard plongeait dans

les capiteuses profondeurs de son corsage. Si j'avais eu besoin d'un stimulant, l'évocation du pendu en aurait tenu lieu. Son dernier hoquet me donnait des idées, exaspérait mes sens.

« Tais-toi, Gina. Qu'il se soit pendu, que ta vieille se saoule, que Fredo soit une gouape, que toi-même... Je m'en fous. Une seule chose compte... »

J'ai voulu la renverser. Puisqu'elle tenait tant à contempler la poutre fatale, elle pourrait continuer à le faire. Elle a senti mon désir, s'est brusquement dégagée et mise debout. Mais elle ne s'est pas éloignée. Elle s'est, au contraire, plaquée contre moi. Ses seins m'ont meurtri la poitrine.

« Non, non... pas ici... Dédé... mon homme... pas ici... pas maintenant... »

Après tout, elle avait raison. Ce grenier manquait de confort. Deux étages plus bas, on disposait de lits...

Je l'ai entraînée dans l'escalier. Parvenus devant chez elle, elle a vaguement résisté, mais je l'ai tenue ferme, et j'ai poussé la porte et nous sommes entrés. La vieille fourgonnait dans un coin. Elle nous a regardé passer sans rien dire.

Nous sommes tombés sur le petit lit de fer et, aussitôt, il s'est transformé en couche royale, rythmant de ses gémissements, comme d'une céleste musique, nos halètements passionnés.

Nous sommes restés longtemps unis, loin de la vie et de la mort, dans notre monde à nous, abîmés, meurtris et forts, mon visage enfoui dans ses cheveux de fille des faubourgs.

« Eh ben! vrai, vous gênez plus! »

J'ai bondi sur mes pieds. Fredo encadrait dans la porte

de communication sa silhouette chétive de voyou, surmontée de sa sale gueule, celle de l'escalier. Il ressemblait à la fois à une hyène et un porc. Le sentiment qui se peignait sur ses traits, c'était la jalousie. Mais pas la jalousie d'un frère soucieux de la vertu de sa sœur... Tout m'est revenu à l'esprit. Son attitude récente, ses inquiétudes. Et la réalité m'est apparue, fulgurante : il n'y avait qu'un lit, celui-là même...

J'ai vrillé mon regard dans celui de Gina.

« Fredo? »

Elle a fait un signe de tête affirmatif.

« Mais c'est fini maintenant », a-t-elle dit.

Je me suis approché de Fredo, toujours aussi immobile et inquiétant. Je ne le craignais pas. Je me savais plus fort que lui.

« Écoute, vieux... »

Il a cru à un début d'excuses.

« Ta gueule! Ça fait courant d'air avec les chiottes. Quinze jours que je jongle. Depuis que mademoiselle a pris le béguin pour tézigue. Fous le camp, que tout rentre dans l'ordre.

– Écoute, vieux, ai-je repris. Je ne calterai pas. Que tu aies couché avec ta frangine, je m'en fous. Je n'ai pas de préjugés. Mais que tu veuilles nous interdire de faire ce qui nous plaît, c'est autre chose. Gina couchera avec qui elle voudra, désormais, et si elle décide que ce soit moi... »

Il n'a pas bougé. Il a répété, le souffle court :

« Fous le camp!

– Des dattes! Fais ton deuil de Gina. Bon sang, ça ne pouvait pas durer toujours, une liaison si peu ou trop naturelle. Et puisque tu as l'esprit de famille si développé, rabats-toi sur ta mère. »

La vieille écoutait tout, de la pièce à côté, et elle a égrené un rire ignoble.

« A jamais voulu, la petite vache. »

Le dégoût m'a submergé. J'ai vacillé, fermé les yeux. Fredo a choisi ce moment pour me tomber dessus.

« Acré, Dédé! » a crié Gina.

J'ai compris qu'il ne fallait pas s'endormir. J'ai fait face à mon adversaire. Un laguiole luisait dans son poing. Je lui ai saisi le poignet pour faire dévier la lame. En même temps, je l'ai mordu au bras, à l'endroit de son dernier macadam. Je n'avais plus rien d'humain. Depuis le début de l'algarade, mes dents avaient dû pousser jusqu'à former de véritables crocs. J'ai déchiré le veston, le pansement et la chair. Du sang, mélangé de désinfectant quelconque, m'a empli la bouche. Fredo a gueulé comme si on l'égorgeait. J'ai stoppé son hurlement d'un brusque coup de crâne sous le menton et sa tête s'est rejetée en arrière avec un sale bruit, comme de vertèbres brisées. Ça lui a donné la force de libérer son poignet droit. Il m'a entamé la joue avec sa râpière. Je l'ai poussé, des genoux et des mains, et il est allé s'étaler dans la pièce voisine. Le couteau, abandonné, a heurté le carrelage disjoint en résonnant comme une cloche.

Fredo n'est pas resté longtemps à terre. Il s'est redressé, prêt à remettre ça. Je n'ai pas attendu qu'il soit complètement debout. Je l'ai envoyé au tapis d'un coup de targette et puis je l'ai bourré de gnons partout où il y avait de la place, du front à la plante des panards. Ce n'était pas une leçon que je lui administrais, c'était un cours complet au bout duquel on décroche un diplôme.

La vieille n'a pas esquissé un geste pour défendre son fils. Elle a assisté à la corrida sans rien dire, se contentant de ricaner stupidement. Quand je me suis arrêté de cogner, en nage, Fredo a tourné vers moi son visage semblable à un morceau de mortadelle avariée, a levé la main et bégayé :

« C'est class, Dédé... T'es le plus fort... J'ai compris...

– Tu as compris... vraiment?

– Oui.

– Tant mieux.

– Non, non, c'est trop marrant, a hoqueté la vieille. Ça s'arrose. »

Elle a failli se foutre les quatre fers en l'air, en fouinant sous son grabat, à la recherche d'une bouteille encore en service. Quand elle a eu ce qu'elle voulait, elle s'est assise et s'est mise à lamper le rouquin, sans plus s'occuper de rien.

Fredo gémissait. Il a essayé de se mettre debout, mais chaque mouvement lui arrachait des plaintes. Gina et moi, nous l'avons transporté sur le plumard encore tiède de notre étreinte et, pas rancuniers, nous l'avons rebecté un peu. Quand il s'est senti mieux, je lui ai demandé, pour éviter toute équivoque :

« C'est bien vrai que tu as compris, hein?

– Mais oui, Dédé... »

Il a tenté de rigoler.

« ... La prochaine fois, tout de même, tape moins fort...

– Il n'y aura pas de prochaine fois, j'espère.

– Non... C'est réglé... J'en fais mon deuil, de Gina... Après tout, je ne pouvais pas espérer la garder toute la vie... Allez, va, serrons-nous-en cinq... »

Il m'a tendu la main. Je l'ai prise, sur mes gardes. Mais il ne s'est livré à aucune traîtrise. Il était maté.

« J'y pense, s'est-il exclamé, Gina, somme toute, c'était ma femme...

– Oh! ça va, hein?... Faudra rappeler ça combien de temps?... C'est réglé. »

Un sourire mauvais a crispé sa bouche.

« Mais non, ce n'est pas réglé... Tu m'as soufflé ma gonzesse... tu devrais casquer... l'amende... C'est régulier.

– L'amende? »

Il ne manquait pas de culot, le puant salaud de demi-sel, à prétendre bazarder sa frangine après usage. Gina a coupé court à la scène.

« J'arrangerai ça. »

Je n'ai rien dit. J'ai regardé Fredo. Il souriait toujours, dans la mesure permise par sa dégustation de tisane.

Je me demande pourquoi, à ce moment-là, je ne l'ai pas fini.

X

MEURTRES

A partir de ce jour, j'ai cru voir luire le bonheur. Ce n'était qu'une illusion trompeuse, du genre des lanternes allumées par les naufrageurs pour attirer les vaisseaux sur les récifs. En fait, ç'a été le commencement de la fin.

J'ai déserté le Foyer végétalien, et, avec le solde de mon assurance, loué une carrée dans un médiocre hôtel de la rue du Fer-à-Moulin, où Gina et moi nous nous sommes mis en ménage.

On a conclu la paix avec Fredo et on a continué de se fréquenter, comme si de rien n'était. Il ne paraissait pas nourrir de mauvaises intentions à notre égard. Il acceptait le situation. Mais je me méfiais et j'appréhendais de laisser Gina seule. Et puis, cette fille, je l'aimais trop. Je ne pouvais pas rester longtemps loin d'elle. C'est comme ça que nous nous sommes enfoncés de plus en plus.

Je ne suis pas retourné à la fonderie Debêche, l'assurance liquidée. Avec leur certif, j'ai trouvé, assez rapidement, un emploi dans une fabrique de carreaux de plâtre de la Convention. Mais bientôt mes inquiétudes concernant Gina m'ont été intolérables et là aussi j'ai piqué un macadam. Et j'ai repris la filière, toubib marron, etc.

De temps en temps, nous retrouvions toute la tierce, sur

les quais, Manuel et Julien compris, sans oublier leurs bicots envers lesquels, surtout le barbu, j'éprouvais une animosité qui ne demandait qu'à se transformer en bonne haine bien tenace.

Un jour, le barbu, qui s'appelait Abdallah, s'est inquiété de l'absence des deux mômes. Fredo a dit qu'il ignorait ce qu'ils étaient devenus. Il a remarqué que cela faisait bien deux jours qu'à la cité même, où ils créchaient en fraude quand l'un ou l'autre des bicots ne les hébergeaient pas, on ne les avait pas vus. Le krouia s'est tiré, de mauvaise humeur. Je me suis demandé si Manuel et Julien, dans un sursaut de révolte et de dégoût, ne s'étaient pas envoyés en l'air ensemble. Après tout...

C'est le lendemain, que j'ai su.

***

Sept heures venaient de sonner. On a heurté rudement la porte de la chambre.

« Voilà ! »

J'ai enfilé un pantalon et suis allé ouvrir. Le taulier, la mine renfrognée, se tenait sur le palier en compagnie de deux hommes à imperméable mastic.

« André Arnal ? a interrogé l'un. C'est toi ?

– Oui. Qu'est-ce...

– Police. »

Il a ébauché un geste en direction du revers de son veston où devait être fixé son insigne. Les deux bourres, suivis du taulier, sont entrés dans la chambre. Ils ont jeté un regard circulaire, bougrement professionnel. Ils ont avisé Gina, dans les toiles.

« Lève-toi aussi, la jolie.

– Mais...

– T'occupe pas.

– Bon Dieu! s'est esclaffé l'autre flic, mais ce sont de vrais mômes? Tu parles d'une graine de bois de lit. Vous vous mettez à la colle de bonne heure. Si vous ne prenez pas de précautions pour ce que je pense, faudra presque une dispense du Président de la République. »

Son collègue a désigné soupçonneusement le pansement qui entourait mon bras.

« Qu'est-ce qui t'est arrivé? »

Bon, j'ai pensé, les compagnies d'assurances en ont marre de l'escroquerie et ont porté le pet. Nier ne servirait à rien.

« Accident du travail.

– J'espère que tu peux le prouver?

– Tout de suite... »

J'ai fait mine de prendre des papiers dans mon veston jeté sur une chaise. Le flic a levé la main.

« Plus tard.

– Tous les mêmes, a grommelé l'autre.

– Tu connais des types qui s'appellent Manuel Barre et Julien Laurent?

– Jamais su leur nom de famille. Mais Manuel et Julien, je connais. Ils se... »

Je me suis interrompu. Ce que je pensais ne les regardait pas.

« Ils se quoi?

– Rien.

– Ne fais pas le guignol, Arnal.

– Eh bien!... ils se sont butés?

– Pourquoi cette idée?

– Sais pas. »

Il a haussé les épaules.

« Allez, habille-toi, prends tes papiers... J'espère que tu en as?

– Oui.

– ... Et suis-nous. Et toi aussi, la Joconde, a-t-il ajouté à l'adresse de Gina toujours au lit.

– Pourriez pas venir plus tard? a-t-elle bougonné.

– Ça va, comtesse, Fais-nous grâce de tes boniments. »

Elle ne leur a pas demandé de détourner la tête. Ils l'ont regardé se vêtir, se rinçant l'œil. L'un d'eux la gaffait avec un intérêt salace.

« C'est comment, ton nom, à toi?

– Devez bien le savoir.

– Geneviève Valdet, hein?

– On ne peut rien vous cacher.

– T'es en carte?

– Je ne suis pas un tapin. Je vends des fleurs. »

Il a émis un gros rire.

« Des fleurs! C'est poétique. »

Ses doigts boudinés ont tapoté la couverture du lit.

« Et ça, tu sais son nom? »

Elle est restée la jambe en l'air, à tirer son bas vers la jarretelle, la jupe retroussée, sidérée par ces questions de folingue.

« Vous êtes un spécialiste des devinettes?

– Justement. Comment ça s'appelle?

– Oh! là, là! Couverture, parbleu.

– Gi! Une couverture. T'as saisi?

– Je ne vends pas des fleurs par couverture.

– Tant mieux pour toi. Maintenant, grouille-toi de planquer tes fesses.

– Elles valent les vôtres.

– Crois pas. Les miennes, je les lave. »

Jusqu'à ce que nous soyions entièrement habillés, ils se sont ainsi foutus de notre gueule, brocardant de-ci de-là sur la propreté douteuse de notre habitat. Je leur ai fait remarquer que, pour cette dernière chose, ils devaient plutôt s'en prendre au taulier. Ils ont convenu que c'était dégueulasse de louer des carrées aussi sordides, mais que chaque citoyen avait le cadre qu'il méritait. Bref, des concetés. De toute façon, ça n'a pas plu au marchand de sommeil qui m'a jeté un sale œil lourd de menaces.

Quant à savoir ce qu'ils nous voulaient, les bourres, macache. Je l'ai bien demandé vingt fois, mais ils ont éludé. On l'apprendrait à la boîte.

Dans la rue, une bagnole noire nous attendait. Nous y avons pris place sous le regard curieux de quelques passants.

*
* *

A la Tour-Pointue, le commissaire de police judiciaire devant lequel j'ai comparu, sans avoir l'air commode ni des allures de père Noël, paraissait moins coriace que ses subordonnés. La pitié n'était pas absente de son regard.

« Tu t'appelles Arnal?

– Oui, m'sieu. And... André... A... A... Arnal...

– Tu es bègue?

– Non, m'sieu... C'est... c'est...

– L'émotion. Tu as les jetons, quoi?

– Oui, m'sieu.

– Tu as quelque chose à te reprocher?
– Non, m'sieu.
– Alors, ne te tracasse pas. Tu es ici en qualité de témoin, pas plus.
– Merci, m'sieu.
– Bon. Nous disons Arnal. André Arnal.
– Oui, m'sieu. »
J'ai fourni, pièces à l'appui, mon état civil complet. Le commissaire a compulsé un dossier étalé sur son sous-main.
« Sorti récemment de la Petite-Roquette?
– Avec un non-lieu.
– Vagabondage?
– Oui, m'sieu.
– Et tu es entré dans le droit chemin?
– J'essaie.
– En piquant des macadams?
– Des macadams?
– Ne fais pas l'andouille. Tu sais aussi bien que moi ce que je veux dire. Enfin, c'est tes oignons. »
Je n'ai rien répliqué.
« Tu peux fumer, m'a autorisé le commissaire.
– Merci, m'sieu. »
J'avais les paumes moites. J'ai allumé une cigarette, la dernière de mon paquet au détail.
« Tu connais Manuel Barre et Julien Laurent?
– Pas pas leur nom de famille.
– Mais tu connais un Manuel et un Julien?
– Oui m'sieu.
– Depuis longtemps?
– Quelques semaines.
– Et Mme Jaumel aussi, évidemment.

– Mme Jaumel? Non, je ne crois pas. J'entends ce nom pour la première fois.

– Tu les a vus, récemment, tes copains?

– Eh bien! justement, on se voyait presque tous les jours, mais ça fait deux ou trois jours qu'ils ont... qu'ils ont disparu.

– Tu dis cela d'un drôle de ton.

– C'est que je crains...

– Quoi donc?

– Qu'ils se soient suicidés.

– Et pourquoi se seraient-ils suicidés?

– Julien, pour ne parler que de lui, paraissait très déprimé, ces derniers temps.

– Plût au ciel », a murmuré le commissaire.

Là-dessus, il m'a tendu une photo toute neuve, un beau papier glacé brillant de mille feux. Cela représentait un lit en désordre. On distinguait surtout les draps et les oreillers, parsemés de larges taches sombres. Sur ce lit reposait quelque chose d'horrible, d'informe, quelque chose que je redoutais d'identifier. Au premier plan, un bras pendait, prolongé d'une main ridée. Je me suis senti pâlir, comme si tout mon sang refluait de mon corps sur ce lit tragique.

« Oh! mon Dieu, m'sieu... qu'est-ce que... qu'est-ce que... »

Il m'a repris la photo, m'en a colloqué une autre, encore plus affreuse. Une bouillie, encadrée de cheveux blancs.

« C'est Mme Jaumel, a articulé posément le commissaire, en me scrutant de son regard perçant. Manuel et Julien l'ont assassinée chez elle, dans son pavillon de Villejuif, à coups de marteau et de hache. »

***

Je ne sais pas ce qui s'est passé, immédiatement après. J'étais trop bouleversé. Il me semblait que c'était moi, le criminel. Des fois, je me prenais pour la victime. Il fallait en sortir, *il fallait en sortir*, IL FALLAIT EN SORTIR! J'ai compris plus tard que le commissaire chargé de l'enquête désirait recueillir le plus de renseignements possible sur les assassins – déjà sous les verrous – et qu'à cet effet il nous avait envoyé chercher par ses sbires, Gina et moi, et aussi Fredo et deux ou trois autres, n'estimant pas souhaitable de nous convoquer simplement, de peur qu'on se dérobe (et avec peut-être l'arrière-pensée de nous impliquer dans l'affaire, si ça se trouvait). Il paraît que j'ai facilement fait la preuve de mon innocence et que j'ignorais tout des projets des deux copains, etc.

L'audition terminée, j'ai attendu dans une pièce voisine qu'on en finisse aussi avec Gina. A leur table, les deux bourres visiteurs suaient sur leur rapport. Un jeune type s'est amené en trombe, la pipe au bec. Il a serré la main aux policiers, m'a jeté un coup d'œil intéressé.

« Quoi de neuf sur Villejuif?

– C'est mort, a répondu un flic. Ils n'avaient pas de complices. Ils ont fait le coup rien qu'à eux deux. »

La pipe s'est braquée sur moi.

« Et celui-là?

– Un copain des deux mômes. Gibier de bagne, également. Va sortir tout à l'heure, mais reviendra un jour, chargé de menottes.

– Plaignez-vous! a rigolé le jeune type. Sans criminels, que feriez-vous? »

Le flic s'est gratté la tête avec le bout de son porte-plume.

« C'est vrai, ça, Grabel. On ne devrait pas les bousculer, en somme. C'est notre gagne-pain.

– Le mien aussi. »

Le flic a eu un geste large dans ma direction, comme s'il me livrait aux bêtes.

« Pouvez peut-être en tirer la matière d'un article. Allez-y. Vous en crevez d'envie... »

Le nommé Grabel s'est approché de moi. Il a attiré une chaise à lui et s'est assis à mes côtés.

« Alors, tu es un de leurs copains?

– Oui.

– Comment tu t'appelles?

– Arnal.

– Arnal? Moi, je suis Grabel, de *Paris-Journal*. Ce ne sont pas des noms très éloignés l'un de l'autre, ça. »

C'était curieusement formulé, mais j'ai compris ce qu'il voulait dire.

« Grabel, c'est un nom de chez moi. Un bled le porte aussi. »

Il a replacé une phrase cocasse.

« Tu as un accent qui me chatouille le clocher. D'où es-tu, fils? »

Nous nous sommes découverts compatriotes. Ça a rompu définitivement la glace. Grabel était sympathique. Mon aîné de six ou sept ans, il ne devait pas avoir connu la mistoufle. Je pourrais le documenter, s'il y tenait. Il a vidé, rebourré sa pipe, sorti de sa poche un paquet de cigarettes réservé aux interviewés. Nous avons allumé avec son briquet.

« Alors, tu es un copain des deux zigotos? Pourrais-tu me fournir quelques tubes?

– Je ne sais même pas comment ils ont fait leur coup... pas en détail.

– Tu ne lis pas les journaux?

– Rarement. Et ce matin... pas eu le temps d'en acheter un. »

Il m'a tendu un numéro tout froissé de *Paris-Journal* du jour même.

« Eh bien! tiens, gargarise-toi de ma prose. C'est du tartiné maison. »

L'un des bourres s'est interrompu dans la pénible rédaction de son rapport.

« Je vous crois que c'est du tartiné... »

Il a lorgné mélancoliquement sa feuille de papier ministre lente à se noircir.

« Je me demande comment vous faites.

– Bah! j'ai la plume cursive.

– Cursive?

– Rapide, facile, déliée, si vous préférez.

– Eh ben! ce n'est pas comme moi. »

Grabel a rigolé.

« Je vous donnerai un coup de main... si votre page d'écriture n'est pas trop confidentielle... »

Jaloux et un peu froissé, le flic a baragouiné des mots indistincts et s'est remis au travail.

Le copieux article de *Paris-Journal* s'agrémentait de la photo de la chambre du crime, avec victime en bonne place, et de celle des criminels. C'était plus que je n'en pouvais supporter. Jamais je ne pourrais lire ça, avec ces atroces images qui me tiraient l'œil. J'ai plié le journal.

« Racontez-moi plutôt, ai-je demandé à Grabel.

– Volontiers, fils. »

D'une pichenette, il s'est placé le chapeau en auréole.

« Les deux gars connaissaient Mme Jaumel pour lui avoir, voici plusieurs mois, demandé l'aumône, un jour qu'ils rôdaient dans le coin, raides et désœuvrés comme toujours... La vieille avait consenti à les secourir, moyennant quelques petits travaux de jardin... Ce jour-là, tout le monde s'est quitté personnellement fort satisfait... Il aurait mieux valu qu'ils ne se rencontrent pas.

– Oh! vous savez. Si ce n'avait pas été celle-là...

– Ç'aurait été une autre?

– Sait-on jamais? »

Il a ricané.

« Les enfants du malheur? Fatalitas?

– Oui. »

Il a hoché la tête.

« Possible... Je n'ai jamais tué personne, a-t-il poursuivi, en riant franchement, mais je dois du fric à mon percepteur et je gonfle outrageusement mes notes de frais. Ce n'est pas très honnête. Ça finira peut-être par la strangulation de mon rédacteur en chef... Pour en revenir aux autres, Manuel prétend que l'initiative de l'expédition incombe à Julien. D'ailleurs, Julien ne nie pas... Il n'est pas un peu cinglé, ce gars-là?

– Sais pas. Il a peut-être marre de tout.

– Alors, qu'il ne se frappe pas. Ça sera bientôt fini, pour lui... Une autre sèche?

– Merci.

– Avant-hier, ils se sont amenés, assez tard dans l'après-midi, et Mme Jaumel les a encore embauchés. D'après ce qu'ils avaient vu de la maison, lors de leur précédente visite, ils supposaient que la rentière dissimulait un joli magot sous ses piles de draps... Vers le soir, Julien a prétexté un tour de reins pour ne pas quitter la villa. Mme Jaumel, compatissante, les a fait coucher dans un petit appentis. Ils ont été longs à se décider... C'est au matin seulement...

– Je comprends ça. C'est le moment le plus démoralisant de la journée, celui où rien n'existe. On se réveille harassé, tout engourdi de la misère accumulée les jours et les jours précédents, et on en voit poindre un autre, aussi vide et inutile. Il pleut toujours, le matin, ou le brouillard tombe, il fait froid, il... je ne sais pas, mais... c'est le plus sale moment de la journée...

– Eh! là! Le soleil brille, parfois.

– Pas pour tout le monde, m'sieu. Et c'est ça qui empoisonne, cette crasse qu'on sent trop épaisse pour s'en débarrasser. Alors, on a des idées de meurtre ou de suicide.

– Eux, ils n'ont pas eu des idées de suicide », a protesté Grabel.

J'ai jeté mon mégot.

« Oh! c'est tout comme. »

Il a brandi un énorme stylo de la taille d'une matraque.

« Nom de Dieu! fils, c'est vachement intéressant, tout ce que tu me sors là. Ça va constituer un papier de première. Le vagabond amer et philosophe! Car tu dois être vagabond, toi aussi?

– J'ai un domicile.

– Et bien garni, a lancé un bourre. Vous verrez la poupée, tout à l'heure, Grabel.

– Chouette?

– Une fois récurée, oui. Mais même telle quelle...

– Vous en feriez vos dimanches?

– Oh! je suis marié, moi.

– Justement », a ricané le journaliste.

Il a griffonné sur un bloc, puis est revenu à moi.

« Alors, à l'aube, comme je te le disais, ils se sont introduits dans la villa. Je te la fais court. Porte de cuisine, carreau brisé, etc. Une fois là-haut, dans la chambre de la vieille, au premier mouvement suspect de celle-ci, boum! Julien n'a pas attendu qu'elle l'ouvre. Et que je te file des coups de marteau et des coups de hache. Des outils provenant de l'appentis. D'après Manuel, c'était Julien le plus acharné. Il tapait comme un sourd, un sinoque. Une vraie boucherie. Bref, ils se sont tirés sans même étouffer le fric. Ils étaient couverts de sang. Ils ne sont pas allés loin. Un quart d'heure après, ils étaient faits... Bon Dieu! c'est égal : quinze ans! »

Il a marqué un temps, m'a offert une troisième sèche.

« Il paraît – toujours d'après Manuel, je n'assistais pas au truc – qu'à chaque coup Julien disait : « Et tiens pour Mohammed, et tiens pour Belkacem, et tiens pour celui-ci, et tiens pour celui-là! » Manuel a avoué en avoir fait autant, mais c'est Julien qui a commencé. »

J'ai longuement considéré ma cigarette.

« Il disait ça?

– Paraît. »

Je me suis tassé sur mon siège.

« C'est toute l'explication. Ils en avaient marre.

– Marre de quoi?

– Des Arabes. Lui et Manuel... Vous comprenez?

– Nom de Dieu! Ils... »

Un geste ignoble. Deux tapes précipitées de la paume droite sur le poing gauche à demi fermé.

« C'est ce que j'ai raconté au commissaire, tout à l'heure. Il avait déjà des tuyaux, d'ailleurs.

– Des tuyaux de poêle », a grasseyé un flic.

Grabel l'a regardé.

« Vous étiez au courant de ces turpitudes?

– Les gosses se sont soulagés, cette nuit. Leur copain a raison. Ils en avaient marre.

– Formidable! Mais ce n'est pas avec de l'encre que je vais pouvoir écrire ce papier-là... Et toi, Arnal?... Toi aussi?... »

Le même geste accompagnant la question. J'ai fait non de la tête. Le flic a répondu pour moi :

« Je vous répète qu'il a une poupée... Ou alors c'est un mec sans doctrine qui bouffe à tous les râteliers.

– Mme Jaumel n'était pas arabe », dit le journaliste.

J'ai haussé les épaules.

« S'ils voulaient se venger des bicots, bon sang! c'était simple. Cette vieille n'était pour rien dans leur déchéance.

– Bien sûr. »

Rien n'était logique ni juste, dans cette garce de vie. Le flic parlait de doctrine? La misère et la poisse en avaient une, elles, qui consistait à ne lâcher aucun des malheureux qu'elles tenaient. Aujourd'hui : Manuel et Julien; hier : X...; demain : moi... Il fallait en sortir, *il fallait en sortir,* IL FALLAIT EN SORTIR!

J'ai posé ma main sur le bras du journaliste. Mes yeux imploraient presque.

« Écoutez. Je voudrais vous demander... C'est délicat, mais on est pays, alors... Je vous ai fourni les éléments d'un bon article, pas vrai? »

Il a souri.

« Toi, tu veux me taper. »

Il a porté la main à son gousset.

« Non. Écoutez. C'est un foutu engrenage. Nous y laisserons tous nos os, les jeunes comme moi. Je le sens. Sortez-moi de là. Aidez-moi. Nous sommes pays...

– La vieille Jaumel, aussi, a aidé tes deux lascars. Pour la récompense qu'elle en a eue...

– Ce n'est pas pareil...

– Craignez que lui aussi vous bigorne? » s'est esclaffé un flic.

L'autre bourre lui a fait écho.

« Fameux débarras, dans ce cas.

– Tiens, voilà vingt balles, m'a dit Grabel, mais tu avoueras que tu es culotté de venir mendigoter dans les locaux de la police. »

J'ai repoussé son fric.

« Non. Je voudrais travailler. Jusqu'à présent tous les boulots que j'ai pratiqués me dégoûtent. Vous êtes dans un grand quotidien. Est-ce que des machins de ce genre?... »

J'ai trouvé un bout de crayon dans ma poche. Je lui ai pris son calepin des mains et, sur une page blanche, ai esquissé rapidement sa caricature.

« Sapristi, s'est écrié le journaliste, tu y tâtes. »

Les policiers, leurs rapports terminés, s'étaient approchés. Il leur a montré le dessin.

« Un bon coup de crayon, a opiné l'un.

– Avec ça dans les pognes, devrait pas vivre comme un voyou, a grogné l'autre. C'est bien la preuve qu'il n'y a rien à faire avec cette engeance. »

Rien à faire!

« Des croquis comme ça, à *Paris-Journal?...*

– Viens me voir au canard, après-demain. D'ici-là, prépare des échantillons. »

***

Nous sommes retournés à la place d'Italie à pied, par nos habituelles ruelles cafardeuses. Le crime de nos deux copains pesait de tout son poids sur nos épaules, rendant notre marche pénible. Seul, Fredo paraissait s'en foutre. Chemin faisant, je ne leur ai pas caché le dégoût que m'inspiraient les bicots « attitrés » de Manuel et Julien : Abdallah le Barbu et l'autre. C'étaient eux, les coupables, avec leur sale vice et leur dépravation. Gina n'a rien dit. Fredo s'est contenté de sourire. Je crois bien que mon indignation l'amusait.

A l'hôtel de la rue du Fer-à-Moulin, charmante surprise! Le taulier nous attendait, la joue gonflée d'une chique.

« Pouvez ramasser ça et foutre le camp. »

Il a désigné la corbeille qui servait à Gina pour son commerce et dans laquelle il avait empilé nos misérables affaires, d'un poids total n'excédant pas le kilo.

« Foutre le camp?

– Ouais. Tu comprends pas le français? Des voyous comme vous, ici, qui attirent la police et qui ont encore l'air de mécaniser la maison, j'en veux pas. Vous me devez trois jours sur la semaine. Je vous en fais cadeau.

– Mais... »

Il a envoyé un jet de salive noirâtre à un centimètre de mes chaussures.

« Décampez! »

On a ramassé le panier et on est allé – une idée de Gina – demander l'hospitalité à Fredo qui, contrairement à mon attente, nous a plutôt bien reçus. Il paraissait vraiment s'en tamponner, que je lui aie soulevé sa frangine. Et c'est comme ça qu'on a recommencé à vivre ensemble.

Pas pour longtemps.

***

Mon compatriote Grabel était comme beaucoup qui oublient de tenir leurs promesses de rendre service. Quand je me suis présenté aux bureaux de *Paris-Journal*, au jour dit, il ne m'y attendait pas. Parti en reportage, on ignorait l'heure – voire le jour – de son retour. J'ai laissé à son nom l'enveloppe contenant les quelques dessins convenus et suis retourné cité Jeanne-d'Arc.

Dès l'entrée, j'ai cru apercevoir Fredo qui s'esquivait à mon approche. Mais ce devait être une illusion, car je l'ai rencontré sous le porche, comme je m'apprêtais à gravir l'escalier.

« Et alors, m'a-t-il fait, ça a gazé?

– Pas vu le type.

– Pas de veine. »

Ses yeux étincelaient.

« Non, mais tout espoir n'est pas perdu.

– Je le souhaite. »

Quelque part, une femme a crié.

« Ça se bagarre? »

Il a haussé les épaules.

« L'habitude... Gina t'attend, a-t-il ajouté. Moi, je vais au bougnat. »

Nous nous sommes séparés. J'ai monté l'escalier lentement. Le lapin du journaliste me déplaisait. La femme criait toujours. C'était dans cette partie de la maison.

Parvenu devant la porte du taudis des Valdet, j'ai localisé nettement la dispute. J'ai reconnu la voix. Les voix, même. Mon cœur a bondi. J'ai quasiment enfoncé la porte.

La première pièce était vide, mais, dans la seconde...

Il était là, Abdallah, le fils de porc de barbu, le falzar aux genoux, et Gina qui se débattait, qui ne voulait pas, qui gueulait tout ce qu'elle savait.

En un éclair qui m'a aveuglé, fait chanceler et pousser un sourd et terrible gémissement, j'ai revu Manuel, Julien, le visage écrasé de la mère Jaumel, le directeur de la Petite-Roquette : « Vous n'avez jamais suivi des hommes dans des hôtels, n'est-ce pas? » et Grabel et son geste ignoble et éloquent.

Abdallah! ce produit de truie et de chien, qui tentait de souiller ce que j'avais de plus précieux au monde!

Fou furieux, tout sanglotant de rage et de haine, je me suis précipité sur lui. Si rapide que j'aie été, il m'a vu venir. Il m'a balancé un bon marron en pleine figure, de son poing sec, olivâtre et puant sa race. Mais il était empêtré dans son bénard, et il a trébuché et mordu la poussière, juste comme il exhibait un rasoir. Je lui ai sauté à pieds joints sur le ventre. Ça a fait plouf! Il a hurlé. C'était peut-être un sensible. Mes deux mains ont saisi et tordu le poignet, cependant que mes dents s'enfonçaient dans sa joue, manquant le nez qu'elles cherchaient. Il ruait comme un bourricot enragé, j'ai écopé des coups partout, mais je ne sentais rien. Quand ça a été mon tour de tenir le rasoir, bien ferme dans ma main d'adolescent malchanceux, j'ai pensé, tout riant et pleurant, qu'avant peu Allah recevrait une nouvelle âme. Je ne savais pas que c'était si facile de fouiller la chair humaine avec une bonne lame. Et c'était si doux d'entendre le type beugler de douleur. Je n'ai pas ménagé ma peine. Je comprenais Julien. Je ne l'ai jamais si bien compris. A chaque coup, je pensais : « Et un pour Manuel, et un pour Julien, et encore celui-ci et celui-là, pour tous ceux que toi et tes semblables avez soumis à votre infâme passion. »

Quand j'ai compris que je charcutais de la viande morte, je me suis arrêté.

Gina s'était recroquevillée sur le lit bousculé. Ses seins se soulevaient tumultueusement. Nos regards se sont croisés. Je n'ai lu dans le sien ni reproche ni admiration. Ils exprimaient ce que je voulais qu'ils expriment : qu'il n'existait que nous au monde.

Et c'est à ce moment que Fredo est venu. Il s'est amené, son éternel bizarre sourire aux lèvres, sourire qu'il a rengainé devant le spectacle. Il a pâli et bégayé :

« Eh ben!... eh ben!...

– Tu n'as rien à foutre ici, Fredo! »

Cette phrase banale a produit dans mon esprit l'effet d'un révélateur. Non, il n'avait rien à foutre ici. Alors, que venait-il y foutre? Et que foutait-il, en bas, sous le porche, à guetter mon retour, pour ainsi dire? Ma parole! il dégageait un fluide, Fredo. Il suffisait qu'il paraisse pour qu'aussitôt tout s'éclaire. Déjà, l'autre fois...

J'ai fait un pas vers lui, butant contre le pied de l'Arabe, et manquant perdre l'équilibre.

« Salaud! Tu as bazardé ta frangine au krouia, hein? ordure, sachant que je ne peux pas le piffer et espérant que ça me torturerait? Que peut-être je ferais... ce que j'ai fait? »

Son sourire est revenu, de moins en moins franc.

« Et si cela était? »

Un nouveau pas. Il a verdi.

« Non, Dédé, non. Je vais t'expliquer... »

Il a lu dans mon cœur avant moi. J'ignorais ma propre intention; lui, pas. Mes yeux parlaient. Ils hurlaient sa condamnation.

« Non, Dédé. Non. Dé... »

Il n'a pas terminé le nom. J'avais encore à la main le rasoir tout poisseux du sang de l'Arabe. Il a filé vers la gorge de Fredo comme attiré par elle.

Fredo s'est écroulé, vomissant le sang par la bouche et une profonde plaie. Il est resté un certain temps à crever, glougloutant comme s'il la trouvait bien bonne.

XI

FUITE

Le journal local s'intitulait *L'Écho valentinois.* Je l'avais acheté de préférence à un quotidien parisien, par prudence. Sous le titre :

TRAGIQUE JEUNESSE

HORRIBLE DOUBLE ASSASSINAT
DANS UN QUARTIER POPULEUX DE LA CAPITALE

J'ai lu :

Un nouveau crime vient de bouleverser un quartier de Paris. Un double meurtre qui semble le prolongement de celui que nos lecteurs connaissent déjà sous le nom de « crime de Villejuif ». On se rappelle les faits : dans cette localité de la banlieue parisienne, une rentière, Mme Jaumel, était sauvagement assassinée à coups de marteau et de hache par deux jeunes dévoyés de quatorze et quinze ans : Manuel B... et Julien L... Ces deux précoces criminels fréquentaient entre autres les nommés André A..., Frédéric V... et la sœur de ce dernier, Geneviève, tous personnages entendus récemment, d'ailleurs, en qualité de témoins dans cette affaire, par les services de la police judiciaire. Cette jeunesse, misérable et dépravée, demeurait dans un des endroits les plus sordides du Paris populeux, la cité Jeanne-d'Arc; et c'est dans une de ces masures placées – ô ironie – sous le signe de la Bonne Lorraine, qu'ont été découverts les cadavres atrocement mutilés à coups de rasoir de Frédéric V... et d'un Algérien, Abdallah ben Hadj. C'est la propre mère de Frédéric V... qui a signalé le drame à la police. Cette femme est une ivrognesse notoire, à la réputation plus que douteuse. Détail horrible : regagnant ivre-morte son logis, théâtre de la tuerie, la veuve V... ne s'est aperçue de rien et a passé la nuit auprès des deux corps sans vie, absolument inconsciente... La première hypothèse, selon laquelle Frédéric V... et Abdallah ben Hadj se seraient entretués, est formellement rejetée par les inspecteurs chargés de l'enquête. Il ressort des premières constatations qu'ils ont été tous deux victimes d'un assassin commun... A ce sujet, on signale la disparition de la sœur d'une des victimes : Geneviève V..., seize ans, qui vivait au domicile maternel avec André A..., même âge, son amant. André A... a également disparu et tout laisse supposer que c'est lui le coupable. Ses empreintes digitales ont été relevées sur le manche de l'arme du crime... André A... menait une existence précaire. Sorti depuis peu de prison où il avait été incarcéré pour vagabondage, il semble que sa paresse l'ait poussé à vivre d'expédients et notamment du profit de faux accidents du travail... La police est persuadée que, dépourvu d'argent, il ne doit pas s'être éloigné de l'agglomération parisienne et qu'il ne saurait tarder à tomber aux mains de ceux qui le recherchent...

Gina reposait à mes côtés, une touffe d'herbe mêlée à ses cheveux blonds. Un cerne ombrait ses yeux clos, son teint se flétrissait. J'ai écrasé une bestiole que je sentais grimper le long de mon bras, entre peau et chemise. J'ai regardé droit devant moi, par-dessus le journal déployé. Le soleil inondait la prairie qui s'étendait là, mais nous n'en jouissions pas. Le soleil ne brillait pas en tant que soleil. Nous avions ravalé cet astre au rang utilitaire d'un mode d'éclairage qui nous permettait de voir loin et de surveiller les alentours, de l'orée des bois où nous nous tenions en sentinelles, comme des bêtes pourchassées, mordues au ventre par l'angoisse.

« Tu dors, Gina? »

Elle a ouvert les yeux, contemplé la voûte des feuilles.

« Non.

– Tu sais, Gina, on devrait se séparer. C'est trop dangereux. Tu n'es pour rien là-dedans. Laisse-moi tomber. Ils t'épargneront.

– Non, Dédé. »

Je n'ai pas insisté. Je lui conseillais ça pour la centième fois, sans grand désir de la voir accepter. Mais elle n'acceptait pas. Elle me suivrait jusqu'au bout, jusqu'à la culbute finale. Je ne lui avais pas demandé de me suivre, l'autre jour, à Paris, après tout ce gâchis. Elle l'avait fait sans que je dise rien.

... dépourvu d'argent, il ne doit pas s'être éloigné de l'agglomération parisienne et qu'il ne saurait tarder...

Les imbéciles! Ils ne savaient pas que Fredo conservait

un véritable petit magot sur lui, évidemment! Personne ne le savait. Et ma propre science était de fraîche date. Plus salaud que nature, ce Fredo, à laisser pourrir sa mère dans l'ordure, soutirer à sa sœur le plus clair du produit de son travail, se payer son corps par-dessus le marché, et amasser en avare, à l'insu de tous, le fric que lui rapportaient ses macadams. Et on allait peut-être pleurer sur sa charogne! Nom de Dieu! la mort n'était pas une excuse. En tout cas, une riche idée que j'avais eue de le fouiller une fois refroidi. Son portefeuille contenait plusieurs centaines de balles qui nous avaient aidés à fuir. Il m'avait même fourni un costard, Fredo. Des frusques réservées aux grandes occasions, rangées dans une caisse, et que j'avais échangées contre ma compromettante salopette ensanglantée. Nous avions quitté la cité Jeanne-d'Arc sans anicroche. Les gueulements, dans le secteur, je l'avais remarqué, n'inquiétaient pas beaucoup ceux qui ne les poussaient pas. D'ailleurs, ça se disputait dans un autre coin – un relais! – et on pouvait croire à une bonne continuation des exercices vocaux précédemment entendus. Le lendemain, nous débarquions à Valence.

C'était à peu près à égale distance de Paris et de chez moi. Je pensais qu'on ne viendrait pas nous chercher là. Nanti du fric de Fredo, nous avions relativement de quoi voir venir, sans casser les glaces, évidemment, mais justement il n'était pas question de faire rien de tel. Nous passions nos journées à l'ombre des bois. J'en sortais au crépuscule pour acheter furtivement des victuailles dans des épiceries isolées, tenues par des vieilles à vue basse. Si nous nous déplacions, c'était à la faveur de la nuit, à pas feutrés. Gina avait tenu à emporter son accordéon, mais elle n'en jouait jamais. Ficelé, il voisinait dans la musette avec le pain et les conserves de nos repas frugaux, et ne tenait pas plus de place qu'un camembert.

***

Ça a duré une semaine, cette vie de boy-scouts. Une semaine pendant laquelle j'ai suivi attentivement la presse locale, constatant avec soulagement que la place consacrée à mes exploits s'amenuisait de jour en jour. Je me suis enhardi à acheter des canards parisiens. C'est comme ça que j'ai vu dans *Paris-Journal* la reproduction de mes dessins. Confiés à un graphologue par un rédacteur en chef qui ne perdait pas le nord, chacun de mes coups de crayon, paraît-il, annonçait les coups de rasoir dont je n'avais pas été avare.

Enfin, je n'ai plus rien lu sur l'affaire dans aucune presse. A ce moment, nous approchions de Lyon, c'est dire si nous avions bouffé notre part de kilomètres, et c'est ce soir-là, entre chien et loup, que Gina a eu cette espèce d'éblouissement.

Je la précédais dans un sentier, quand elle m'a appelé. Elle se tenait immobile contre un arbre, enserrant le tronc de son bras gauche, l'autre bras pendant dans le prolongement du corps. Je me suis précipité, craignant une entorse. Déjà, pour la commodité de nos pérégrinations, nous avions dû remplacer par des espadrilles ses chaussures à hauts talons.

« Tu t'es fait mal, Gina? »

Elle a souri avec effort. Elle était pâle. Dans la grisaille du sous-bois, son visage formait une tache livide.

« Je ne me sens pas bien. »

Je l'ai aidée à s'asseoir.

« Fatiguée?

– Oui.

– C'est cette vie que nous menons. Toujours sur le qui-vive. Toujours sur nos jambes. Je te le répète... »

Je lui ai de nouveau proposé de se rendre. Elle n'avait tué personne.

« Pourquoi lier ton sort au mien?

– Non, Dédé... C'est un malaise... passager... La fatigue...

– Les nerfs, peut-être. Tu...

– Non, Dédé. »

Elle m'a clos la bouche de sa main brûlante de fièvre. Ses longs doigts sales et moites, je les ai mordillés et léchés, comme un chien.

« Gina! Gina!

– Oui, Dédé... Ça va mieux... »

Peu à peu, ses couleurs sont revenues et nous avons poursuivi notre route. Mais le lendemain, ça l'a reprise, et avec quelle violence!

De la butte boisée où nous étions, j'apercevais le filet de fumée montant de la cheminée d'une modeste ferme. J'étais un piètre infirmier et j'ai pensé que si Gina partait dans les pommes, peut-être là-bas saurait-on la soigner... C'était un risque à courir. Gina était trop faible pour opposer la moindre résistance et me conseiller la prudence. Nous nous sommes dirigés vers la maison.

Des poules ont salué notre arrivée d'un concert de caquètements effarouchés. Un chien à l'attache a aboyé. Attirée par ce vacarme, une vieille femme en sabots est apparue sur le pas de la porte :

« Qu'est-ce que c'est? »

Ses yeux qui se croisaient les bras nous scrutaient sans

bienveillance, avec leur air de regarder par-dessus notre épaule.

« Bonjour, madame. Vous n'auriez pas un verre de lait? C'est pour ma sœur. Je paierai, bien entendu. »

J'ai fait tinter dans ma poche les quelques pièces de monnaie qui me restaient.

« Ah! bah! a-t-elle grimacé, incrédule. Un verre de lait!

– Qu'est-ce qui se passe? a crié de l'intérieur un homme à la voix cassée, extrêmement désagréable.

– Des propres-à-rien qui demandent un verre de lait pour avoir un litre de rouge.

– Mais, madame...

– Voyez-vous ça! a glapi la crécelle du fond obscur de sa retraite. Envoie-leur Médor, Sandrine.

– Oh! que non pas. Puisqu'ils veulent un verre de lait... en le payant... ils auront un verre de lait.

Elle a descendu la marche, s'est éloignée en ricanant.

– Partons, a proposé Gina. Je me sens mieux.

– Non. Attendons le lait.

Elle a souri et chuchoté :

Alors, je suis ta frangine? Décidément, j'y suis vouée...

– Tais-toi. »

Il y a eu dans l'ombre de la pièce devant laquelle nous stationnions un bruit de fauteuil qu'on déplace. Puis comme un martèlement lourd du ciment par plusieurs cannes, et un grand type aux traits anguleux s'est encadré dans l'ouverture de la porte. C'était un vieux birbe à barbe blanche, jaunie autour des lèvres par la nicotine, un particulier qui avait dû être vachement costaud aux alentours de ses vingt ans. Depuis, évidemment, quelques légers changements s'étaient produits en lui. Sa barbe pointait en avant à cause de ses lèvres qu'il avalait presque, en raison de l'absence de dents. Il s'appuyait sur une paire de béquilles aux extrémités non caoutchoutées. Le moindre souffle devait faire flotter ses jambes molles d'immense pantin désarticulé. C'était le propriétaire de la voix brisée. Il nous a tout de suite donné un nouvel échantillon des sonorités déplaisantes de son organe.

« Et alors, les petits gars, c'est-y du blanc ou du rouge, pour votre service?

– Bonjour, m'sieu. Nous ne voulons pas de vin. Ma sœur a eu une faiblesse. J'ai pensé que du lait...

– Bien sûr, bien sûr... Peut-être bien que si j'avais bu que du lait, moi qui te parle, j'aurais point les pattes comme ça... Alors, c'est ta sœur! »

Il a parcouru Gina d'un long regard insistant.

« Oui, m'sieu.

– Et qu'est-ce que vous fabriquez sur les routes, comme ça? »

J'ai satisfait sa curiosité en lui racontant une histoire préparée dans cette éventualité.

« Ouais. »

Il a craché. Peut-être parce que ma fable était dure à avaler; peut-être parce qu'il l'appréciait en connaisseur. En fait, il s'en moquait pas mal. A ce moment, la revêche Sandrine a tourné l'angle de la bâtisse, revenant avec un bol ébréché à la main. Le vieux a ricané :

« On va bien voir si vous aimez le lait. »

Gina a bu le contenu du récipient jusqu'à la dernière goutte. La tête inclinée sur son épaule soulevée par la béquille, il surveillait Gina, guettant sur son visage une expression de dégoût.

« Vingt dieux! s'est-il exclamé, lorsqu'elle a rendu le bol, c'est pas des menteries. Bien du lait qu'ils voulaient... »

Il paraissait s'amuser :

« Et toi, mon gars?

– Oh! non, merci, m'sieu. Un verre d'eau, si vous voulez...

– Ça fait vingt sous », a dit Sandrine.

J'ai bafouillé je ne sais quoi en tendant la pièce de monnaie.

« Ça va mieux, Gina?

– Oui. »

Sa pâleur n'était plus qu'un souvenir. J'ai touché le bord de ma casquette.

« Eh bien! merci, m'sieu dame. Au revoir. »

L'infirme nous a cloués sur place d'un vigoureux :

« Partez point! »

Ç'a été à mon tour de devenir blanc. Il devait passer ses journées et ses nuits – les vieillards dorment peu – à lire les journaux. Il...

« Est-ce que vous êtes des fainéants?

– Certainement pas...

– Qu'est-ce qui te prend, Oscar? » est intervenue Sandrine, agressive.

L'Oscar a riboulé des calots.

« Ma chère sœur, fermez ça! a-t-il gueulé, comiquement révérencieux, si l'on peut dire. C'est-y moi le maître, ici?

– Le maître! Le maître! Je dis point non...

– Pffuittt! »

Il l'a balayée d'un geste. Puis à nous :

« Il y a de la besogne pour vous, si vous ne rechignez

pas à la tâche. Ça vaudra mieux que de traînailler sur la route. »

Le soupçon d'un piège m'a effleuré. Il voulait gagner du temps, nous retenir, prévenir les gendarmes. Mais, d'autre part, il ne paraissait pas un mauvais bougre. Sa proposition était peut-être sincère, partait d'un bon naturel. Et il ne restait plus lourd de l'argent de Fredo. Et Gina n'en pouvait plus...

« Du travail?

– Ouais. »

J'ai accepté.

XII

HALTE

Je m'y suis attelé illico. Ce n'était pas le boulot qui manquait. A croire qu'on n'attendait que mon passage pour me donner à terminer certains travaux à la traîne. J'ai fait de mon mieux et, le soir, j'ai cru comprendre, aux propos de Marcellin, l'ouvrier agricole en titre, que je donnais toute satisfaction, malgré mon peu d'expérience.

« Et... et ma frangine? »

Le bouseux nous pilotait dans le grenier promu au rang de dortoir. Il a élevé sa lanterne à bout de bras pour répandre davantage de lumière. Il a regardé Gina.

« Elle aussi, sans doute. »

Il a baissé son fanal, en rigolant comme un idiot.

Un idiot qu'il était plus ou moins. Un idiot qui ne déparait pas la collection. Car la caractéristique de l'endroit, la caractéristique pittoresque et tristement marrante, c'était une espèce de volonté de rivaliser avec le musée Dupuytren.

Outre le vieux paralysé des guibolles et sa sœur Sandrine qui louchait terriblement, il y avait Félicien, un moutard de sept ans, petit-fils ou neveu de la maison, je n'ai jamais su exactement. Celui-là était fadé, aussi, et qu'on ne vienne plus me bassiner avec la salubrité de la campagne. C'était pire que cité Jeanne-d'Arc, côté pourriture.

Félicien, je l'ai vu pour la première fois alors que je remplissais l'auge des cochons. Assis contre un muretin à demi éboulé, parmi des rebuts de toutes sortes, il jouait avec des allumettes et je peux dire que le spectacle m'a coupé la respiration. On n'assiste pas tous les jours à des trucs pareils.

Il craquait un tison en tâtonnant, se l'approchait des yeux grands ouverts et sa pauvre figure fripée respirait à ce moment-là l'extase la plus profonde. Quand la flamme atteignait ses doigts, il lâchait tout et recommençait avec une autre allumette. Je n'ai pas été long à comprendre, devant la tragique éloquence de ses châsses de porcelaine, moins vivants que ceux d'une poupée. Dernier produit d'une lignée d'ivrognes et de croisements consanguins, Félicien était aveugle. Mais pas totalement. Il percevait encore faiblement la lumière et il palliait comme il pouvait sa terrible infirmité. C'était sa seule et ineffable joie de percer ainsi les ténèbres éternelles auxquelles il était voué.

Je n'ai pas eu le courage de l'interrompre. Après tout, Oscar et Sandrine devaient bien connaître sa manie. Je n'étais pas bonne d'enfant.

***

Nous dormions au-dessus de l'écurie, dans une odeur et une chaleur de bêtes. Marcellin disposait d'un lit de sangles et de gros draps épais. Gina et moi, nous nous contentions d'une paillasse et d'une couverture. Nous

nous allongions tout habillés sur l'une, enveloppés dans l'autre. Un soir – le troisième que je m'apprêtais à passer sous ce toit, dans une relative quiétude – Gina, qui était redescendue, a tardé à revenir. Ça m'a paru bizarre et j'ai exprimé mon inquiétude à haute voix :

« Bon Dieu ! qu'est-ce qu'elle fout ? »

Marcellin ne dormait pas. Il a fait retentir son rire de crétin. Généralement, je supportais son hilarité sans rien dire. Mais, ce soir-là, elle a sonné étrangement à mes oreilles. Je sentais que ça ne tournait pas rond.

« Qu'est-ce que tu as, à te marrer ?

– Moi ? Rien. »

Il a lâché deux gloussements supplémentaires et dit, avec une pointe d'envie :

« J'ai comme une idée que, si tu veux, tu auras la chouette placarde, ici.

– Pourquoi ?

– Pour rien. »

Un sale vent s'est brusquement levé qui a fait frissonner le toit, au-dessus de nos têtes. Quelque part, un volet a été violemment rabattu contre un mur.

« Pour rien ?

– Ou presque.

– Je ne comprends pas.

– T'es comme Félicien, alors ? Tu n'y vois goutte ?

– Explique-toi mieux.

– Ouais... »

Le volet a encore claqué.

« ... Enfin, s'ils me foutent point mon congé, je m'en fous, de tout ça.

– Pourquoi te foutrait-on dehors ?

– Ben ! il n'y a pas tellement de besogne, ici...

– Je ne trouve pas.

– Manque d'habitude... Et si ça s'arrange avec ta sœur et que toi tu me remplaces...

– Avec ma sœur?

– Ben! oui, quoi! Joue pas au plus fin. Le père Oscar s'en ressent encore pour la rigolade. Pas besoin d'avoir des guibolles de coureur... pour courir le guilledou. N'a que ses guibolles, de mortes. Le reste est toujours d'attaque! J'ai vu ça tout de suite, que ta frangine lui avait tapé dans l'œil. Vous a pas embauchés pour autre chose... et tu le sais bien. Fais pas l'innocent. Sont ensemble, à c't'heure... »

Je n'en ai pas écouté davantage. J'étais en bas. Au pied de l'échelle, je me suis heurté à Gina.

« On se barre, Dédé. »

Elle haletait, la voix tremblante. En haut, Marcellin, en bonne brute, se marrait et bougonnait à la fois, à cause de sa place qu'il craignait de perdre. Près de nous, le cheval a henni, lui faisant écho. Sous les assauts du vent, la baraque gémissait.

« On se barre? Pourquoi?

– Une idée que ça sent le roussi.

– Le roussi ou le vieux bouc?

– Qu'est-ce que tu veux dire?

– Rien d'autre. »

Je l'ai plantée là. Je l'ai entendue crier dans le vent :

« N'y va pas, Dédé. Barrons-nous. »

La salle commune était éclairée. J'ai jeté un coup d'œil par la fenêtre au volet détaché, ballotté par la bourrasque. Enfoncé dans un fauteuil d'osier placé entre la cheminée et la vaste table à tirette, ses béquilles à portée de la main, le vieux mordillait ses moustaches, l'air dépité et furibard.

A mon entrée, il a levé la tête, me foudroyant quand il m'a reconnu, d'un regard mauvais :

« Qu'est-ce que tu veux, toi?

– Mon dû. Je fous le camp.

– C'est moi qui vous fous dehors.

– Si vous voulez. Le résultat est le même. Donnez-moi mon fric. On part tout de suite. »

Il ne s'est livré à aucun commentaire. En bougonnant, il a extrait son portefeuille de la poche intérieure du veston, s'est contorsionné pour me cacher son contenu lorsqu'il l'a ouvert, et m'a tendu une somme dérisoire.

« Ce n'est pas lourd, pour trois jours de boulot. »

Il a rectifié :

« Deux et demi.

– Ce n'est pas lourd tout de même. »

La colère a lui dans son regard.

« C'est à prendre ou à laisser... Des galvaudeux de ton espèce devraient s'en contenter.

– Je prends. »

J'ai plié posément les billets, les ai glissés dans ma poche.

« Pourquoi nous videz-vous?

– Vider?... C'est toi qui as demandé ton compte, mon gars.

– N'empêche que vous avez dit aussi que vous nous vidiez.

– J'ai dit ça? »

J'ai eu marre de tergiverser. Je n'étais pas venu pour autre chose que lui cracher ses quatre vérités et j'hésitais, comme une andouille. Je me suis approché.

« Tu es un vieux dégueulasse, père Oscar. Tu guignais Gina, hein? et elle n'a pas marché et ça te fout en rogne.

Des galvaudeux, parce que je te refuse ma sœur, qui d'ailleurs, n'est pas ma sœur, mais ma femme... »

Ça m'a fait du bien de lui écraser mon poing sur son vénérable groin de pedzouille nanti. J'ai regretté qu'il n'ait plus de dents à faire sauter. Il s'est mis à m'injurier en patois. Il a saisi une de ses béquilles et a profité de ce que je m'éloignais pour la lancer dans ma direction. Je l'ai reçue au buffet. Je la lui ai retournée aussi sec, parce qu'il ne faut jamais priver un impotent de ses moyens de propulsion : question de charité. Il a fait un brusque mouvement pour esquiver ce boomerang d'un nouveau genre et je ne sais pas comment il s'y est pris, mais le fauteuil a basculé et l'Oscar s'est éparpillé, ses guibolles en mou de veau de part et d'autre du meuble. Son crâne a heurté le ciment avec un sale bruit.

Sur ces entrefaites, alertée par le bruit, la Sandrine avait jailli d'une pièce voisine. Elle s'est mise à gueuler au secours et je n'ai rien trouvé de mieux pour la faire taire, que de lui coller un ramponneau, de quoi lui remettre les yeux en position normale. Là-dessus, j'ai pris congé en vitesse.

A la porte de l'écurie, j'ai rencontré Gina, la musette en bandoulière. C'est moi, ce coup-ci, qui ai dit :

« On se barre. »

Une voix est sortie de l'ombre.

« Quoi qu'y gn'a? »

Cet abruti de Marcellin!

« Ne crains rien pour ta place, eh! figure! »

On s'est tirés en courant. Médor, près du poulailler, a aboyé comme un sourd, mais sans nous poursuivre.

Nous nous sommes retrouvés, essoufflés, sur la colline boisée d'où, deux jours auparavant, nous étions descendus vers cette ferme. Comme nous y arrivions, j'ai eu la sensation d'une lueur insolite, derrière moi. Je me suis retourné. Gina a agrippé mon bras, vacillante.

« Oh ! mon Dieu ! Dédé... »

Trouant la nuit épaisse de ses flammes dansantes, l'incendie ravageait la maison du père Oscar.

« ... C'est toi, qui... »

Une horrible fatigue. Tout le poids du ciel bas sur mes membres.

« Ce n'est pas moi, mais c'est tout comme... »

Je me suis laissé tomber dans l'herbe fraîche et les feuilles pourrissantes.

« ... Ce doit être l'aveugle, avec son jeu à la noix, son cinéma fantastique. Nom de Dieu ! s'il crève là-dedans... »

J'ai été sur le point de m'élancer le sauver pour qu'il puisse m'innocenter, le cas échant, et puis, j'ai laissé choir. Ça de plus ou de moins, au règlement général...

Incapable de me redresser, j'ai contemplé l'incendie en spectateur presque désintéressé. Médor aboyait toujours. J'ai vu une silhouette d'homme entraîner à l'écart une silhouette de cheval. Le brasier a pris de l'ampleur. Un village proche a brusquement vibré des sons profonds d'une cloche d'alarme.

« Il n'y a qu'à souhaiter qu'ils grillent tous, bêtes en gens. »

J'ai failli prier Dieu en ce sens.

« Oui, a dit Gina, d'une voix grave. Surtout que je me suis gourrée de musette, dans l'obscurité.

– Gourrée de musette ?

– J'ai pris celle de Marcellin ou de je ne sais qui. En tout cas, pas la nôtre. »

Elle s'appuyait contre mon épaule. Sa bouche touchait mon oreille. Son haleine était chaude. Je sentais son odeur.

« Elle ne contient rien de compromettant.

– Si. La georgina. »

On s'est tu. Le vent sifflait dans le boqueteau. Pendant les accalmies, on percevait le ronflement des flammes.

« La georgina grillera aussi.

– Je l'espère.

– Et puis, même... Ce n'est pas compromettant.

– Les flics ne confient pas tout aux journalistes... On n'a jamais parlé de cet instrument, dans les canards... Les flics comprendront que nous sommes passés par là, s'ils le trouvent... ou s'ils apprennent son existence... »

J'ai secoué la tête. J'avais sommeil.

Des voitures de toutes sortes sillonnaient la route, amenant des voisins. Ils accouraient pour maîtriser le feu. Solidarité. Un mot étrange.

« Qu'ils grillent tous, bêtes, choses et gens! »

Une flamme a jailli, plus haute que les autres.

***

Eh bien! le vieux béquillard et le moutard aveugle ont péri dans le sinistre, mais Sandrine et Marcellin s'en sont tirés.

Et l'accordéon avec eux.

XIII

MORT

Nous avons marché toute la nuit, traversant des villages endormis, passant à proximité de maisons isolées et y éveillant l'aboi furieux des chiens de garde. Nous nous sommes écorchés à des barbelés, des haies d'épines, trempés dans l'herbe haute et les ruisseaux coulant en lisière des champs. A l'aube, nous nous sommes tapis dans le décor, qui commençait à nous être familier, d'un bois. Des arbres! Toujours des arbres! Des cercueils sur pied!

J'ai conseillé une dernière fois à Gina de m'abandonner et, cette fois, je ne désirais pas qu'elle refuse.

« C'est sans issue... Tu n'as rien fait... Tu te disculperas aisément...

– Oh! non, Dédé... Restons ensemble, va... D'ailleurs...

– D'ailleurs?

– Rien. »

J'ai réfléchi à une combine qui arrangerait tout.

« Tu vas partir trouver les cognes... Tu raconteras que je t'ai obligée à me filer le train depuis Paris... Terrorisée... que tu as réussi à m'échapper... »

Elle a ramassé un caillou humide sur une de ses faces

l'a fait sauter un moment dans sa main, puis l'a jeté devant elle.

« Ils me colleront l'incendie sur le dos, maintenant.

– Tu expliqueras comment ça s'est passé.

– Ils ne me croiront pas.

– Si. Et s'ils veulent un coupable, tu diras que c'est moi. »

J'ai lancé un caillou à proximité du sien. Nous avions seize ans. Nous pouvions jouer aux billes. C'était encore de notre âge.

« ... Et il y a un truc infaillible, pour que tu en réchappes. Tu me dénonceras... Tu diras que je suis ici, dans ce bois... Je n'en bougerai pas... »

Elle a eu un rire amer.

« Quelle combine!

– La meilleure. La plus avantageuse pour nous deux... »

Mon deuxième caillou a atteint son but. Le caillou délogé a roulé dans un trou.

« ... Tu comprends, Gina, je sens que j'en ai marre de fuir, alors, autant procéder comme ça... Ils te tiendront compte de ton attitude... Que l'un de nous se sauve, au moins!

– Toi, Dédé, toi, tu essaierais de te sauver, parce que moi, je crains... »

Assis l'un à côté de l'autre, nous parlions sans nous regarder, comme honteux, et pourtant nous nous aimions, on ne peut pas dire combien nous nous aimions. Aux derniers mots qu'elle a prononcés, je lui ai fait face. Peu à peu, sa voix s'était altérée sans que j'y prenne garde.

« Gina! »

Je crois que j'ai crié.

Elle a tendu les bras, s'est renversée en arrière. Sa peau a revêtu une teinte nacrée, les joues se sont creusées, les pommettes ont sailli, sous les yeux chavirés. Elle était pâle comme elle ne l'avait jamais été. Transparente. On voyait les os à travers la peau et les dents par la bouche entrouverte. Une tête de mort.

« Gina! Gina! »

Je lui ai pris le visage entre les mains. Elle a tressailli. J'avais les mains froides des matins embrumés. Elle brûlait de fièvre.

« Gina! Encore! Mais qu'est-ce que c'est, bon Dieu? »

Elle a souri faiblement.

« Ça va passer... le plus dur reste à faire, maintenant... mais ça va passer... t'inquiète pas... et ça ira mieux... Nous irons au bout du monde, tous les deux... rien que nous deux... »

J'étais affolé. Je ne comprenais rien. Sauf qu'elle était malade.

« Tu vois bien, Gina, qu'il ne faut plus continuer. Qu'est-ce que tu as? »

Elle a prononcé une phrase curieuse :

« J'ai quelque chose dans le ventre. »

J'ai ri.

« Je le sais bien, puisque tu me suis. D'autres... »

Elle a secoué la tête, froissant l'oreiller de feuilles mortes.

« Quelque chose dans le ventre... En vrai. »

En vrai, comme disent les... les enfants!

« Gina! Un...

– Oui. »

Mon Dieu! Nous étions trois à fuir.

« Un enfant... à nous?

– Je ne crois pas.

– De Fredo?

– Plutôt... Mais ne te casse pas la tête... »

Elle a cherché mes mains, les a serrées dans les siennes, toutes moites de sueur.

« ... Tu m'en feras un, dis, mon homme... Un bien à nous... plus tard...

– Mais celui-là?

– Oh! celui-là... Je me suis trafiquée, là-bas, à la ferme... Je n'en veux pas... Il est mort... Je ne le sens plus remuer... Seulement un poids... un grand poids... Il va bientôt sortir... Tu m'aideras, Dédé... Tu ne me le feras pas voir...

– Oui, Gina.

– Nous serons... si heureux, ensuite...

– Oui, Gina. »

Je me suis abandonné sur sa poitrine. Ses reins se soulevaient au rythme d'une respiration saccadée. Je sentais battre son cœur. Comme dans l'amour.

« Tu m'étouffes, chéri.

– Oui, Gina. »

Je me suis mis debout. Ses doigts grattaient le sol humide, conservant sous les ongles un peu de terre et des brindilles. Elle a fermé ses paupières bleuies. Elle souffrait. Elle a chuchoté :

« Ce soir... ça ira mieux... Prépare-moi... de quoi m'étendre... C'est dur, ici. »

Je me suis enfoncé à l'intérieur du bois. J'ai facilement trouvé un endroit confortable. J'ai confectionné une litière avec des feuilles. En trébuchant, j'y ai transporté Gina.

Elle est restée un moment immobile, et puis les douleurs l'ont prise et elle s'est mise à gigoter, ahanant. Et pendant des heures elle est passée par des alternatives de souffrance et de calme, parmi les cris étouffés, les soupirs et les gémissements, parce qu'entre deux accès elle continuait à se plaindre.

De tout le temps qu'elle a été en travail, je ne me suis pas assis. Je l'ai regardée, impuissant à la soulager, ruer et soupirer sous la douleur comme dans le plaisir.

Enfin, d'un mouvement brusque, elle a relevé sa jupe et, dans le flot de sang qu'elle a paru ainsi libérer, a entraîné un paquet de chairs gluantes de la grosseur d'un jeune chat.

Je l'ai jeté dans un fourré.

***

Malgré nos efforts, nous n'avons pu enrayer l'hémorragie et nous n'avons pas tardé à comprendre l'un et l'autre que c'était fini. Il n'y avait rien à faire pour arrêter le flux. Silencieux et sournois, le sang coulait inexorablement, imprégnant le sous-bois de sa puissante odeur. Elle s'est vidée comme une bouteille.

A un moment, surmontant sa faiblesse, elle s'est soulevée, a plaqué sa main sur la partie de sa cuisse non maculée de sang. Et retombant :

« Tu avais raison, Dédé, pour le soleil...

– Oui, Gina.

– ... il y a du soleil, à la campagne, et pourtant...

– Oui, Gina.

– ... je suis blanche comme une endive...
– Oui, Gina.
– ... et toi aussi...
– Oui, Gina.
– ... c'est pas pour nous. »
Je me suis écroulé sur elle, sanglotant. Mes mains, poisseuses de son sang que j'avais tenté de contenir, ont fourragé dans ses cheveux blonds. Il me semblait qu'à l'étreindre je retarderais sa fin.
« Mon chéri... mon chéri... »
Nous paraissions faire l'amour une dernière fois.
« ... tu essaieras de te sauver... promets-moi...
– Oui, Gina... Pardon... pardon... »
Je l'ai arrosée de mes larmes, il n'y a pas d'autre mot.
« Mon chéri...
– Je suis cause de tout... Sans ce bicot...
– Je ne te reproche rien, chéri... Tu le détestais si fort?
– Oui, Gina.
– Pourquoi? »
Elle voulait parler, se tromper elle-même, maintenant qu'elle sentait la mort proche.
« Manuel et Julien...
– Embrasse-moi... »
En me penchant, j'ai vu, dans ses yeux déjà ternis, Abdallah venir vers moi, accompagné d'une foule de krouias. Ils rigolaient de toutes leurs dents de chacals. Ils poussaient devant eux un bonhomme malingre, vêtu d'un complet d'alpaga et coiffé d'un chapeau de paille pisseux à large ruban noir. Le petit bonhomme a levé la tête, souriant avec bienveillance, entre sa barbiche et son

pince-nez. J'ai reconnu le directeur de la Petite-Roquette.

« André Arnal, avez-vous suivi des hommes dans des hôtels ?

– *Oui, monsieur.* »

Voilà surtout pourquoi j'avais buté l'Arabe.

« Embrasse-moi... Vite! »

Je me suis purifié de toute cette ignominie sur ses lèvres froides. Le restant de sang que contenait son ventre a fusé. Je l'ai senti qui me mouillait la jambe. Doucement, Gina m'a repoussé pour aspirer encore un peu de cet air qui refusait d'atteindre ses poumons.

« Le soleil, chéri, le so... leil...

– *Oui, monsieur.* »

C'est comme cela qu'elle est morte. En parlant du soleil et sans comprendre ni savoir.

***

J'ai d'abord pensé à l'enterrer.

La musette emportée de chez les péquenots renfermait un solide coutelas avec lequel j'ai entrepris de creuser une fosse. Mais un frisson de dégoût m'a parcouru lorsque l'outil, à mi-besogne, a tranché un énorme ver de terre et mis en fuite d'autres immondes bêtes. Le corps de Gina ne méritait pas la souillure visqueuse de cette faune ténébreuse.

C'est alors qu'a germé dans mon esprit cette idée de cinglé de lui donner une sépulture aérienne. J'ai choisi avec minutie l'arbre qui convenait. J'ai employé des heures à cette recherche.

J'ignore comment j'ai fait pour l'installer là-haut, entre deux branches face à une brèche dans la ramure par où elle recevrait le soleil, à son lever.

***

C'est le lendemain seulement que j'ai rencontré un gendarme auquel je me suis livré.

XIV

DERNIER RAYON

Vol, coups et blessures, incendie volontaire, manœuvres abortives ayant entraîné la mort, tentative d'assassinat, assassinats – au pluriel – ils m'ont tout collé sur le dos.

En ce qui concernait Fredo et le krouia, tout le monde était d'accord, moi le premier. Mais c'était encore moi, paraît-il, qui avais mis le feu à la ferme du père Oscar et au père Oscar lui-même. Sandrine et Marcellin l'affirmaient et ces deux-là n'avaient tué personne. Du moins pas à la connaissance de la Justice. Félicien avait grillé dans le brasier. Donc, plus là pour intéresser les enquêteurs à une démonstration de ses talents de société. D'ailleurs, je n'ai pas jugé utile de mentionner les curieux amusements du gosse. Sandrine se serait inscrite en faux contre mon propos. Alors! C'est moi qui ai foutu le rif et qu'on n'en parle plus.

Le père Oscar possédait un magot sonnant et trébuchant dont on n'a pas trouvé trace dans les décombres. Compte tenu de mes antécédents, il était certain que je l'avais subtilisé. C'est pour ça que j'avais assommé le vieux, foutu le feu, etc.

« On m'a fouillé. Je n'avais rien.

– Tu l'as planqué. Pour plus tard. C'est drôle que tu te sois constitué prisonnier si tardivement. Tu espères peut-être t'en tirer. Faudra bien que tu l'ouvres, Arnal. »

Une perquisition à la nouvelle demeure de Sandrine aurait peut-être porté des fruits. Cette vieille chouette connaissait l'existence du magot. Que son frère ait péri était déjà suspect. Elle avait eu la possibilité de le sauver des flammes. Mais les champs lui revenaient s'il crevait. Elle avait dû le laisser bien au chaud et emporter les pièces d'or. Comme ça, rien à casquer en frais de succession, et ensuite, zou! tout sur André Arnal. Mais comment oser exposer des raisonnements de ce genre, avec un brevet d'honorabilité confectionné cité Jeanne-d'Arc à coups de rasoir? Voudrait salir les honnêtes gens, travailleurs, économes et tout, à présent?

Manœuvres abortives ayant entraîné la mort, ça, c'était Gina. Enceinte de mes œuvres, je l'avais trafiquée et elle était morte des suites. Parce qu'ils ont fini par la découvrir et la descendre de son perchoir.

Dès mon arrestation, les flics m'avaient assailli de questions à son sujet.

« Et Geneviève, la sœur de Fredo, ta victime?

– Geneviève?

– Oui, ta poule. C'était ta complice?

– Non.

– Mais elle était avec toi?

– Je l'ai forcée à me suivre.

– Et, maintenant, où est-elle?

– Sais pas.

– Ne fais pas l'idiot.

– Eh bien!... elle en a eu marre... elle m'a plaqué...

– A l'amiable?

– Un matin, je me suis réveillé... tout seul.
– Mais elle t'accompagnait, chez le père Oscar?
– Oui.
– C'est ensuite qu'elle a fait la valise?
– Oui.
– Avec le magot du vieux?
– Non. Je n'ai rien volé au vieux.
– Bon. Alors, elle est sans un?
– Oui.
– Dans ces conditions, on ne tardera pas à l'alpaguer. Tiens, voici une carte de la région où tu as rôdé avant de te constituer prisonnier. Dis-nous si tu reconnais des noms de bleds... »

Mon doigt a glissé sur la Michelin aux couleurs vives.

« J'ai dû passer là... et là...
– C'est ici que tu as rencontré le gendarme... Ça, c'est la ferme du père Oscar...
– Oui.
– Ta poule n'a pas dû aller bien loin.
– Non.
– Elle rôdaille dans ce secteur. »

J'ai compris qu'ils allaient organiser des battues, passer la région au peigne fin. Ils la découvriraient. Il ne le fallait pas. Elle avait, plus que tout autre, droit à la tranquillité, loin des miasmes de la cité Jeanne-d'Arc.

« Non. »

J'ai esquissé un sourire. J'ai fait celui qui se paie leur fiole.

« Non? Pourquoi?
– Elle a dû prendre un train.
– Puisqu'elle est raide!

– Non.
– Elle a de l'argent?
– Oui.
– Le magot du vieux?
– Oui.
– Alors, tu avoues, enfin, te l'être approprié?
– Oui.
– A la bonne heure! »

Ils ont jubilé. Moi aussi. Ils laisseraient Gina reposer en paix dans son arbre. Je n'en désirais pas plus.

« Eh bien! c'est-y pas plus facile comme ça? Pourquoi n'as-tu pas avoué tout de suite?

– Je ne sais pas.
– Bon. Elle t'a aidé à tuer son frère et l'Algérien?
– Non.
– Enfin, quand nous la tiendrons, on verra bien. Elle a dû gagner Lyon...
– Oui. Elle parlait souvent de Lyon. Elle aurait aimé que j'y aille. Avec son fric, là-bas, elle a dû se saper et tout. Elle doit être à Lyon... Peut-être à Paris, déjà.
– Tu es bien bavard!
– Moi!
– Non, le pape.
– C'est que j'aimerais tant qu'on l'enchriste...
– Pourquoi?
– Elle m'a laissé choir... et c'est à cause d'elle...
– Elle t'a plaqué en emportant le pèze. C'est dur à digérer, hein?
– C'est ça. Cherchez-la. Elle doit vivre à Lyon... ou à Paris... Elle en avait marre de la cambrousse.
– On sait ce qu'on a à faire. »

J'ai regardé la carte toujours étalée devant moi. La

pluie cinglait la fenêtre à tabatière du local où l'on m'interrogeait.

« Quel temps fait-il là-bas?

– Nom de Dieu! est-ce que par hasard tu te foutrais de notre gueule? »

***

J'avais compté sans les corbeaux. Ce sont les corbeaux qui l'ont trahie. Un paysan s'est étonné de voir une quantité insolite de ces oiseaux tournoyer au-dessus du bois... Et on a trouvé Gina.

On m'a montré de ses photos et j'aurais aussi bien pu nier que ce soit elle, méconnaissable qu'elle était avec son visage déchiqueté.

« C'est Geneviève Valdet?

– Oui.

– Elle ne s'était donc pas tirée avec le magot?

– Je n'ai jamais eu ce magot.

– Tu as pourtant avoué l'avoir étouffé.

– Je me rétracte.

– Où est le magot?

– Je n'ai rien volé.

– Où est le magot?

– Je n'en sais rien.

– Tu l'as planqué. On s'en doutait. Mais tu parleras. On a tout le temps.

– Je n'ai rien volé.

– En attendant, revenons à Geneviève. C'est toi qui l'as placée dans l'arbre?

– Oui.

– Pourquoi?

– Par horreur des vers.
– Et tu estimes le résultat meilleur?
– Ce n'est pas la même chose?
– Tu n'es pas un peu cinglé?
– Sais pas.
– Elle est morte de quoi?
– Avortement. »
Le médecin-légiste a confirmé.
« C'est toi qui as fait sauter le marmot? »
A quoi bon toutes ces questions? Oui... oui... oui... Passons à autre chose. Autre chose. Introduisez le jeune Fernand Tauran, vêtu de la bure des condamnés.
– Tu t'appelles Fernand Tauran?
– Oui, m'sieu.
– Tu reconnais ce type?
– Oui, m'sieu. Je suis sorti avec lui de la Petite-Roquette... la première fois.
– Tu sais son nom?
– Il m'a dit s'appeler André.
– C'est lui qui t'a conseillé...
– ... de jeter maman par la fenêtre, oui, m'sieu. Il n'a pas arrêté toute la soirée de me baratiner avec ça : une mère comme la mienne, elle était tout juste bonne à balancer par la fenêtre.
– Arnal, tu as entendu?
– Oui.
– Qu'en dis-tu?
– Ce sont des conneries.
– Espèce de salaud! Vas-tu répondre autrement?
– Bande de vaches! Bande de porcs! Bande de fumiers! »
Ils m'ont repassé à tabac.

⁂

Je ne sais pas ce qu'on a fait de Manuel et Julien. Je ne sais pas ce qu'on fera de moi. Ils n'ont tué qu'une vieille, eux. Et à deux. Ce qui ne fait jamais qu'une demi-personne pour chacun. Tandis que moi...

Fredo, Abdallah, le père Oscar, Félicien, Gina, la mère de Fernand, dans un sens. « Jeune monstre », ce sont les mots employés par Grabel dans *Paris-Journal*, paraît-il, et repris par toute la presse.

Vol, assassinat, manœuvres abortives ayant provoqué la mort, incendie volontaire!

Complet. En voiture!

⁂

A moi les murs, Gina, la terre m'abandonne.

⁂

LA TÊTE DU « PLUS JEUNE GUILLOTINÉ DE FRANCE » EST TOMBÉE

– *Je serai le plus jeune guillotiné de France!*

C'est par ces paroles qu'André A..., condamné à mort voici trois mois par la Cour d'assises, a accueilli, hier matin, l'annonce du rejet de son recours en grâce. Il ne devait pas prononcer d'autres mots.

Après avoir refusé par monosyllabes les secours de la religion, il a bu un verre de rhum, puis, dans le plus complet mutisme, a fumé une cigarette, cependant qu'on procédait à sa dernière toilette.

Un pénible et regrettable incident a marqué cette exécution qui devait, par ailleurs, se dérouler sans histoire.

Une détérioration étant survenue, au cours du montage, à la machine de M. Deibler, ce n'est qu'à neuf heures seulement qu'André A..., fixé sur son sort depuis plusieurs heures, a été amené au pied de l'échafaud, baigné par un soleil radieux que les brumes de la semaine dernière ne laissaient guère prévoir.

Quelques secondes plus tard, justice était faite.

CHRONOLOGIE
DE LÉO MALET

[illegible] A Mon[illegible] rue du [illegible] Collège Collin[illegible] de Laon [illegible] Il est le [illegible] Maret [illegible] [illegible] régie, [illegible]

[illegible] [illegible] nouveau [illegible] Maît[illegible]

[illegible] A [illegible] de [illegible], par [illegible] Léon [illegible], Marcel [illegible] de la [illegible]

[illegible] A [illegible] de [illegible] Daudet par [illegible] Léon [illegible], sera [illegible] son grand[illegible] Omer [illegible] de [illegible]. Une [illegible] de Léo [illegible] a [illegible] la [illegible] [illegible] la guerre [illegible] toujours [illegible] [illegible] dans [illegible] [illegible]

[illegible] A [illegible] à l'école pri[illegible] Auguste-Comte [illegible] Léo Mal[illegible] déjà [illegible] grand-père [illegible] « C'était [illegible], il aima [illegible] »

[illegible] 22. [illegible] avoir [illegible] certificat d'[illegible] Léo Malet [illegible] l'école primaire supérieure Miche[illegible]

[illegible] boulevard [illegible], dans le [illegible] [illegible] de [illegible] par Daudet, [illegible] [illegible] dirigé [illegible] Franç[illegible] [illegible] l'Arc[illegible] de rencontre [illegible]

1909. *7 mars.* A Montpellier, 5, rue du Bassin (faubourg Celleneuve) naissance de Léon, Jean Malet. Il est le fils de Gaston Malet, employé de commerce, et de Louise Refreger, couturière.

1910. *19 décembre.* A Montpellier, naissance de son frère, Marcel.

1911. *27 mai.* A Montpellier, décès de Gaston Malet, par suite de tuberculose. Deux jours plus tard. Marcel Malet meurt de la même maladie.

1912. *18 octobre.* A Montpellier, décès de Louise Malet par suite de tuberculose. Léo Malet, orphelin, sera élevé par son grand-père maternel Omer Refreger, tonnelier et autodidacte. Une partie de l'enfance de Léo Malet se déroulera route de Toulouse, dans un « mas » dont sa grand-mère était la gardienne. Il évoquera ce mas, transporté route de Lodève, dans *Nestor Burma rentre au bercail* (1967).

Vers 1915. *Octobre.* A son entrée à l'école primaire Auguste-Comte, rue Émile-Zola, Léo Malet sait déjà lire. Grâce à son grand-père le tonnelier : « C'était un type bien, il aimait lire... ».

1921 ou 1922. *Octobre.* Après avoir obtenu le certificat d'études primaires, Léo Malet entre à l'école primaire supérieure Michelet.

1923. *24 novembre.* A Paris, boulevard Magenta, dans le taxi du chauffeur Bajot, mort mystérieuse du jeune Philippe Daudet, fils de Léon Daudet, député royaliste et dirigeant de « l'Action Française. » Philippe Daudet venait de rallier l'Anarchie et de rencontrer un personnage qui jouera un grand rôle dans la vie de Malet : André Colomer, secrétaire de rédaction du *Libertaire*. Alors que l'enquête policière conclut au suicide, Léon Daudet poursuivra le directeur de la Sûreté nationale et le chauffeur Bajot, tous deux pour « complicité d'assassinat ». Tandis que la Fédération anarchiste accepte la thèse policière du suicide, André Colomer la refuse. Il finira par rompre avec *le Libertaire* pour fonder *l'Insurgé* auquel Léo Malet collaborera dès 1925.

1924 ou 1925. A Montpellier, Malet entre comme apprenti-vendeur chez Boka, marchand de tissus dans la Grand-Rue (aujourd'hui rue Jean-Moulin). Quelques mois plus tard, il est engagé comme copiste et grouillot par la banque Castelnau, boulevard du Jeu-de-Paume. Devenu membre du « Groupe d'Études sociales », de sa ville natale, Malet écrit à André Colomer. Il fait la connaissance de celui-ci venu faire une conférence à Montpellier.

1925. *Mai.* A Paris, aux Éditions de l'Insurgé, parution des mémoires d'André Colomer : *A nous deux, Patrie!* Un des ouvrages de chevet du jeune Malet.
Été. A la banque Castelnau, Malet est réprimandé pour avoir vendu *l'Insurgé*, le dimanche sur l'Esplanade.
30 novembre. Quelques heures après avoir reçu sa paie, Malet prend le train de nuit pour Paris où il arrive le lendemain à 9 heures. Dès le premier soir, il est hébergé par Colomer, 259, rue de Charenton. Il occupe le divan sur lequel avait dormi Germaine Berton. Deux ans plus tôt, elle avait assassiné dans les locaux de *l'Action Française* le secrétaire de rédaction de ce journal : Marius Plateau. Plus tard, Malet séjournera entre autres au Foyer Végétalien de la rue de Tolbiac (évoqué dans *Brouillard au pont de Tolbiac*).
25 décembre. Sur recommandation d'un ami de Colomer, il débute, comme chansonnier, au cabaret « la Vache enragée ». Cabaret fondé, ainsi que l'hebdomadaire de même nom par Maurice Hallé « maire de la Commune libre de Montmartre ».

1926. Il collabore à la presse anarchiste *(l'Insurgé, la Revue Anarchiste, l'Homme aux sandales...).* L'imprimeur de *l'Insurgé* lui fait connaître un maître chanteur analphabète dont il corrigera la prose hésitante dans son journal « Ce qu'on doit dire ». Cette feuille, rebaptisée « Ce qu'il faut dire », et son fondateur seront évoqués dans *Nestor Burma contre C.Q.F.D.*
Il occupe dans des usines de la périphérie parisienne des petits

emplois temporaires qui se terminent par de faux accidents du travail.
Avril ou mai. Alors qu'il habite depuis plusieurs jours sous le pont Sully, il est arrêté pour vagabondage.
Juillet. Libéré de la Petite-Roquette (Maison des Jeunes Détenus), il regagne Montpellier et le logis grand-paternel par des chemins détournés. Séjours de deux ou trois mois à Mâcon où il travaille à l'usine de motos Monet et Goyon. Avant son retour à Montpellier, il est encore employé dans une usine de produits chimiques de la banlieue lyonnaise.

1927 (?). Un ancien camarade du Groupe d'Études sociales de Montpellier, Jean Lolhé d'Artigolle, l'appelle à Valence. Il s'agit de l'aider à liquider rapidement le contenu d'une boutique de modes, héritée d'une bienfaitrice dont la famille naturelle n'a pas apprécié ce geste...
Séjour à Lyon; puis retour à Paris où il exerce des métiers divers : ouvrier dans une fabrique de carreaux de plâtre, laveur de bouteilles chez Félix Potin, etc., tout en poursuivant de-ci de-là une activité de chansonnier.

1928. *Juin.* Pendant son tour de chant au cabaret « A l'Image Nostre Dame », il est chahuté par des fêtards entraînés par Paulette Doucet. Elle deviendra peu après sa compagne et le restera jusqu'à sa mort.

1929. *Printemps.* Avec Lucien Lagarde et Paulette Doucet, fondation du cabaret du « Poète pendu ». Il fonctionne jusqu'à l'automne, au coin de la rue Frédéric-Sauton et de la rue des Grands-Degrés. Il est ensuite employé comme manœuvre et participe à l'installation du chauffage central dans un bordel de luxe de la rue de Hanovre. Un jour en se rendant à ce « chantier », il découvre *la Révolution surréaliste,* dans la vitrine de José Corti, rue de Clichy. C'est le choc. Plus tard, il répétera : « Deux hommes ont joué un rôle capital dans ma vie, tous deux se prénommaient André : Colomer et Breton. »

1930. Il approfondit sa découverte de la littérature et du cinéma surréalistes *(Un chien andalou).* Il est téléphoniste de dépêches à l'Agence Radio, et un peu chansonnier aussi.

1931. *12 mai.* Sur l'invitation d'André Breton (auquel il a envoyé des poèmes, il participe à la réunion du groupe surréaliste au café « le

Cyrano », place Blanche. Il se liera en particulier avec le peintre Yves Tanguy et avec Salvador Dali.

1932. *Mars.* Son nom apparaît au bas de *l'Affaire Aragon devant l'opinion publique,* le premier des douze manifestes surréalistes qu'il cosignera jusqu'en 1943.

1933. Il devient crieur de journaux (*Paris-Soir, l'Intransigeant, Ce Soir*) aux environs de la rue Sainte-Anne et de la rue des Petits-Champs. A l'exception d'une interruption au printemps 1936, il exerce ce métier jusqu'en 1939.

1934. *Été.* Il invente le procédé de création surréaliste, décrit sous le nom de « décollage » dans le *Dictionnaire abrégé du Surréalisme.*

1935. *5 juin.* Chez Zervoz, rue du Dragon, exposition Yves Tanguy. A l'issue du vernissage, le peintre introduit Malet dans le cercle des copains du Café de Flore : Jacques et Pierre Prévert, Marcel Duhamel, Henri Filipacchi, Mouloudji, Michel Seldow, Jean Rougeul, Louis Chavance, etc.

1936. *22-29 mai.* A la galerie Charles-Ratton, exposition d'objets surréalistes. Malet y contribue par des « objets-reflets des plus érotiques », à partir de photographies dédoublées par un miroir. La même année, il publie son premier recueil de poèmes surréalistes : *Ne pas voir plus loin que le bout de son sexe.*

1937. Second recueil de poèmes surréalistes : *J'arbre comme cadavre.*

1938. *1er janvier.* A l'issue d'une réunion de travail, Rudolf Klément, secrétaire de Trotski, quitte le domicile de Malet (224, rue de Vanves, 14e) et disparaît à jamais. Malet impute cette disparition au G.P.U. (ancêtre du K.G.B.) et la transposera dans son roman *Abattoir ensoleillé* (1972).
Automne. Malet adhère à la F.I.A.R.I. (Fédération des Artistes Révolutionnaires Indépendants) fondée à l'initiative d'André Breton et Léon Trotski. Il devient gérant de *Clé,* bulletin de la F.I.A.R.I.
12 décembre. Sortie du film *Quai des Brumes* dans lequel, grâce à Jacques Prévert, il incarne un soldat.

1939. Abandon du métier de crieur de journaux. Sur la recommandation de Consuelo de Saint-Exupéry, il devient « essayeur hydraulique » (pour les pompes de trains d'atterrissage) dans une usine de Montrouge.

1940. *16 avril.* A Châtillon-sous-Bagneux, mariage de Paulette Doucet et Léo Malet. Les témoins sont Jacques Prévert et Oscar Dominguez.
25 mai. En compagnie de Benjamin Péret – et divers surréalistes et trotskistes signataires d'un « tract subversif », Malet est arrêté pour « atteinte à la sûreté intérieure et extérieure de l'État ». Il est « mis au secret » à la prison de Rennes.
Mi-juin. Alors que l'armée allemande approche de Rennes, les gardiens libèrent Malet et ses codétenus. Il repart à pied pour Paris, mais il est raflé par les Allemands et interné au stalag XB, entre Brême et Hambourg.

1941. *Début avril* (ou mai). Libéré pour raisons médicales (grâce à l'intervention du docteur Robert Desmond), il regagne Châtillon.
Juillet-août. Il signe « Frank Harding », le premier d'une série de romans policiers faussement américains écrits pour une collection dirigée par Louis Chavance. (Un des copains du Café de Flore.)

1942. *13 février.* Naissance de son fils Jacques.
Printemps. Encouragé par le succès de ses faux polars américains, il écrit, en le prenant au sérieux, un vrai polar français. Le manuscrit languira pendant un an dans les tiroirs des Éditions Jean Renard.

1943. *Printemps.* Sur la recommandation d'Henri Filipacchi, le manuscrit – rebaptisé *120, rue de la Gare* – est accepté par la S.E.P.E. (Société d'Éditions et Publications en Exclusivité) pour sa nouvelle collection « Le Labyrinthe ».
Novembre. Parution de *120, rue de la Gare,* première des trente-neuf enquêtes de Nestor Burma.

1944-1949. Il donne 10 romans à la S.E.P.E. qui disparaît en 1950.

1945. *15 décembre.* A l'initiative de René Magritte, il participe à l'Exposition Surréaliste de Bruxelles.

1946. *6 février.* Sortie du film adapté de *120, rue de la Gare.*
Mai-novembre. Collaboration à la revue *La Rue.*

1948. *Printemps.* Parution du premier volet de la Trilogie Noire : *La vie est dégueulasse* (retitré *Il fait toujours nuit*).
Mai. Son roman *le Cinquième Procédé* reçoit le Grand Prix de Littérature policière, attribué pour la première fois.

1952-1953. Temps difficiles et besognes alimentaires, en raison de la disparition de la S.E.P.E. Après avoir vécu pendant dix ans de sa plume, Malet devient emballeur au service étranger de la librairie Hachette. C'est à cette époque que lui vient l'idée des *Nouveaux Mystères de Paris*, lors de promenades à pied avec son fils.

1954-1959. Parution des 15 volumes des *Nouveaux Mystères de Paris.* La démolition de l'immeuble dans lequel il les avait rédigés va perturber Malet qui renoncera à décrire les cinq arrondissements non encore explorés par Nestor Burma.

1958. *Novembre.* Il reçoit le Grand Prix de l'Humour Xavier Forneret pour l'ensemble des volumes déjà parus.

1962. *Mars-août.* Une nouvelle enquête de Nestor Burma racontée dans *Télé 7 jours :* elle sera retitrée *Nestor Burma en direct.*

1965. *Juin.* Maurice Renault réédite au Club du Livre Policier *Brouillard au pont de Tolbiac* suivi de *Les Rats de Montsouris.* Cette même année, Malet tiendra une boîte de bouquiniste quai de l'Hôtel-de-Ville, au coin du pont Louis-Philippe.

1967-1972. Au Fleuve Noir, il donne sept romans, dont six Nestor Burma.

1969. Eric Losfeld, éditeur des surréalistes, réunit en un volume les trois romans composant la *Trilogie Noire.*

1975. *Mai.* Première édition collective des *Poèmes surréalistes.*

1977. *1er juin.* Sortie du film adapté de *la Nuit de Saint-Germain-des-Prés.*

1979. *Mai.* Au 1er Festival du Film et du Roman policiers à Reims, l'Association 813, lui décerne ainsi qu'à Robert Bloch, un « bouchon de cristal ».

1981. *2 mai.* Mort de sa femme Paulette.

1982. *Janvier-octobre.* Aux Nouvelles Éditions Oswald, réédition en dix volumes de tous ses romans policiers parus sous des pseudonymes.
14 avril. Sortie du film *Nestor Burma, détective de choc* (adapté de *M'as-tu vu en cadavre?*). Il y incarne un crieur de journaux.

1983. *11-19 mai.* Malet décrit les coulisses du Festival de Cannes pour *Le Matin.*
19 août. *Le Figaro* publie *Poste restante,* une brève aventure de Nestor Burma, dans la série : « La marquise sortit à cinq heures. »

1984. *29 mai.* La Société des Gens de Lettres lui décerne le prix Paul Féval, attribué pour la première fois.
26 juillet. Dans *le Figaro,* il participe à l'évocation des « Grands faits divers » avec Mme Steinheil : « La marguerite effeuillée de l'impasse Ronsin. »

1985. *7 août.* Dans *le Figaro,* il contribue au *Roman des 40,* en rédigeant le chapitre XXII : *Nestor Burma intervient.*
Septembre. La société de télévision Antenne 2 entame le tournage d'une série Nestor Burma qui sera interprétée par Gérard Desarthe.

Francis LACASSIN

TABLE

LA COMPOSITION, L'IMPRESSION ET LE BROCHAGE DE CE LIVRE
ONT ÉTÉ EFFECTUÉS PAR LA SOCIÉTÉ NOUVELLE FIRMIN-DIDOT
POUR LE COMPTE DES ÉDITIONS U.G.E.
LE 16 JANVIER 1986

Imprimé en France
Dépôt légal : janvier 1986
N° d'édition : 1643 – N° d'impression : 3435